宇萍 / 著

# 我们说好的

南方日报出版社
NANFANG DAILY PRESS
中国·广州

图书在版编目（CIP）数据

我们说好的 / 宇萍著. — 广州 ：南方日报出版社,
2014.12
ISBN 978-7-5491-1166-4

Ⅰ. ①我… Ⅱ. ①李… Ⅲ. ①散文集—中国—当代
Ⅳ. ①I267

中国版本图书馆CIP数据核字(2014)第297283号

我们说好的

著　　者：宇萍
出版发行：南方日报出版社
地　　址：广州市广州大道中289号
责任编辑：刘志一
装帧设计：邓晓童
责任技编：王兰
责任校对：阮昌汉　王燕
经　　销：全国新华书店
印　　刷：广州市怡升印刷有限公司
开　　本：889mm×1194mm　1/32
印　　张：7.5
字　　数：180千字
版　　次：2014年12月第1版
印　　次：2014年12月第1次印刷
定　　价：28.00元

投稿热线：（020）87373998-8503　读者热线：（020）87373998-8502

网址：http://www.nanfangdaily.com.cn/press　http://www.southcn.com/ebook

# 自序

从来没有想过，会有这么一天，将自己的文字结集，以书的形式呈现出来。因而，收到快递来的出版合同那天，格外欢喜。白天工作很忙，由不得多想，但心里燃起了小火苗，不经意时，它就冒出来一下，让我浑身充满了力量。晚上下班回到住处，终于兴奋得睡不着觉，不知道如何表达这种喜悦的情感，就在房间里走啊走，是想要走回家乡和大草原分享的心情。转而又十分不安，想着“不好的东西，还是不要拿出来丢人了啊”，这些朴淡的字，扑面而来的乡土气息，终究不能使我自信满满地将过去亲手示人。

但过去的岁月，却是我最为珍贵且不可失去的财富。那里有一山一山的草、一天一天的云、一夜一夜的星空、一年一年的大风，有一只狗叫猫猫、一头牛叫春耕，有花木、羊群，有人的情分、万物的情分，承受着大自然的恩泽，我小心翼翼地记录下来，却也只能记下流年的千百万分之一而已。然而，仅这千百万分之一，便给了我莫大的慰藉，让我真真正正地用心去热爱工作和生活，去善待每一个遇见的人，去走好脚下的路，去记下每一处看到的花，听见每一声鸟叫，去珍惜眼前的一切，并以此抵御命运的无常和生活的艰辛。

其实，我没有读过多少书，这能从我写出来的文字里看出来。但我爱读书，就像爱写字一样。文字是有力量的，和它们在一起，能拥有更宽阔的视野，能看到更广阔的世界。我爱这力量，有了它，我才能更好地爱我深爱的地方，更好地回报我深爱的人们，才能继续写好想写的字，才能更有力道地说出“都好好的”这几个字。

嗯。都要好好的，他们，你们，还有我们。

在这里，我还要很认真地对读这些文字的你，说一声“谢谢你，来读我的书”。

# 目录

CONTENTS

## 第一辑 世间的暖

## 第二辑

# 故乡的云

# 目录
CONTENTS

## 第三辑 四季的情

# 第一辑　世间的暖

新年夜的饺子，家门口的白叶杨
叫作牵挂的离别
小伙伴猫猫，深爱着的人，绵绵无期的思念
他们，还有你们
深情难再叙——
世间的暖

# 3路公车

我对3路公车有特殊的感情。

刚上班的两年，日子很艰难。2008年姥姥还健在，七月以后十月之前，这里天气还不算冷，行道树上绿叶繁茂，每个晴天她都陪我到站牌上下班，拄着拐杖靠在行道树下，看我上车下车。那时候，我还用士兵证充数抵两块钱的车票，省下来的钱，和姥姥两个人半个月到小饭馆里吃一顿砂锅米线，要上一份，加一盘咸菜，面对面坐着，细细地吃。吃完饭再搀扶着姥姥绕着马路走一圈。经过公交站牌，姥姥都要停下休息片刻，感叹流年似水，韶华易逝。偶尔提及当时对我们来讲异常丰盛的砂锅米线，又一味万分自责感慨，将砂锅米线归为公车所赠。如果刚好有某路公车经过，她便站在路边追着它一路望过去，直到它融入车流，消失在视线里。

2009年大年初一，我们多煮了饺子，用保温盒装好，站在站牌等首班车。天格外冷，清冷寥廓的冬夜因团圆的万家灯火而多了几分远远的温暖，路上车极少。等了很久，八十多岁的姥姥手变得冰凉，公车才徐徐开过来，姥姥怀抱着饭盒，怀着极大的热情坐上车。车上并没有乘客，路灯的光透过结着冰霜的玻璃，铺满整个车厢。姥姥把饺子拿给司机吃，我跟在后面解释缘由，讲着新年好之类的话。司机像是会意又像是应酬般地点头，仍旧开着车往前，到了终点才面带微笑地吃起来。我就和姥姥一路坐到终点，又一路跟着车回家。那天，3路公车上第一次开暖气，而且开到最大。师傅说每天的首班车，他们都会在新华大街遇上我搭乘，有时候我没有准时等在那，他都会向路口张望几眼。他们车组的人几乎都认得我，一个拿着士兵证坐首班车的小女孩。

半个月后姥姥病重辞世，我还如往常一般，拿着士兵证坐首班车，只是贴身的口袋里，多了她的照片。我喜欢坐在车体左边倒数第三排靠窗户的位置，曾有司机师傅问我为什么，我把姥姥的照片拿给他看，因为那是姥姥唯一坐过的地方。我记得那时我很安静地把姥姥的照片给别人看，并没有哭。姥姥之于我，就像车窗外的星光一般，洒在天空，比月光清淡，却比月光长久，永远都在那，没有阴晴圆缺。

2010年秋天，周末去单位加班，在3路公车上把钱包和手机弄丢了，那是我用信用卡分期付款新买回来的iPhone 3，钱包里有姥姥留下的最后一张照片，心疼照片又心疼手机，我站在司机旁边啪啪地掉眼泪。司机师傅帮我报了案，一个星期后我在派出所领回了丢失的手机和钱包，手机是全新的

iPhone 3，钱包已面目全非，照片早已无处可寻。我拿手机去售后安装软件，工作人员说这手机是新的，不是我丢失的那部。那时我以为是因为小偷把软件更新了的原因，很久后才知道，这部失而复得的手机，是3路公车的司机师傅帮我新买的。

从去年夏天开始，每天早上3路公车都会多加上几班。多加的班车是绿色加长的车体，比普通班车新一些。

车上播放着音乐，到站前开始播放李雷和韩梅梅。“好多年没有再一次翻开，但哪一段说的谁和谁，偶尔还能细细回味。书中他们的喜与悲，书外身后的是与非，还有隐隐约约和我一起长大的小暧昧……”就在拥挤颠簸的公车上，我想起多年前在山里读初中的日子，那时候所有的课程，我最喜欢的是英语和数学。教英语的老师，是刚大学毕业回去教书的姑娘，模样很好看，长长的头发，经常穿漂亮的风衣，骑着一辆红色的小摩托。班里的女同学都希望长大以后能像她一样好看，都开始留长发，好好学英语。男同学则怀有另外的情感，也在好好学英语。

那两年我们班的英语成绩在学校一直名列前茅。英语老师经常把学校学习前几名的学生留下来辅导，组成英语班，我是其中之一，还有另外一个叫刘章的男生，他是从外校转学来的，分在我们班，英语尤其好。练习口语的时候，老师总把我们俩分成一组，他扮演Li Lei，我扮演Han Meimei，还有几个同学分别扮演Lin Tao、Jim、Lily、Kate和小鹦鹉Polly。两个人渐渐熟悉，但很少说话。

一个月一次的大星期，我们回家的路有一段是相同的。

他经常骑着自行车，停在我身边，载我一程，路上也很少讲话。我坐在后座，车子下坡时会抓紧他的衣服，上坡时，也会自觉地下车在后面推上一把。到了我们村的路口，天大抵快黑了，能看到远处村子里的灯光，我跳下车沿路往村子里跑，大声地对他说谢谢。他停住车却仍坐在车座上，一只脚支着地，停留一会儿又蹬起脚蹬子往家赶，我能远远听见车链"咯吱咯吱"在夜色里响。路旁一朵青色的狗尾草正在开放。毕业后，他考上了县城的高中，我因为家庭原因辍学，盛夏或深秋时节，在田里做工的时候，能远远地看见他或像他的人行走在大路上。

两年后，村子里开始有人给我提亲，乡邻大概是以为我们家里只有姥姥和我两个人，早点嫁人，能帮衬点生活。提亲的男方大都比我年长许多岁，姥姥一个都没有应允。到了腊月，离新年近了，再次有人提亲，媒人说男孩只比我大三岁，还是初中同学，姥姥答应让我去见一次面。我格外不情愿去相亲，那天从集市上回来，就去了隔壁俊英家，躲着不愿意回去。没想到天黑回家，他就坐在我家灶前，正在帮忙烧火。我一眼认出了他，红着脸进屋，坐在他旁边假装帮狗梳毛。姥姥在灶前翻炒烩菜，空气里飘着土豆的熟香。我知道他还在读高中，并没有毕业，问他为什么来相亲。他看着灶火不吭声。天更晚了，他的母亲和哥哥来我家喊他回去，他把一封信塞到我手里。那应该是我收到的第一封感觉到心动的书信，晚上在灯下小心地拆开，他在信里建议我再去读书或是去参军，不要草草嫁人。他的字很漂亮，劝学的想法暗合了我的心意。第二年夏天，我如约参加了高考，顺利地考入内蒙古大学。那年，他因父亲意外去世，影响到高考成绩，去外地读了师范类的大专，颇多遗憾。

今年正月有一天，同村的妹妹电话里说，她在老家县城的中学旁见到一个人很像刘章，他在当高三的英语老师，还在学校旁开了家书店，我仿佛若有所失，心里却装满期待。后来几次回村去后山看姥姥，也特地开车去趟县城，经过中学大门时，忍不住略略徘徊，希望能碰见长得像他的那个人，或者见他从大门迈步出来，就此遇上。学校门口仍旧是砖瓦的两层楼，多是文具店、书店和体育用品店，有女人出来用水桶倒水，也有人家的电话响了，铃声清脆。我始终没有见到他，停了一刻钟掉转车头又开回了呼市，心里泛起酸酸的苦涩。

我多想在听到磁带翻到第一段Lesson 1 之后，以韩梅梅的口吻对李雷说声“谢谢”呀。

# 还在她身旁

回呼和浩特的途中，瞥见路边一棵白叶树，一段不忍惊扰的岁月，从树的白叶间冒出来，濡湿记忆。

也是树叶渐渐成荫的这个时节，多年前的一个傍晚，在车站我接上了来呼和浩特看我的姥姥。她清晨从家里出发，坐车到县城。因为听力不好，从县城到呼市的路上她乘车反了方向，几经周折，一路颠簸才到了这里。

姥姥背着沉重的包裹，里面全是从家里带来的吃食，她路上舍不得吃一口，全部留下来，带给我。那时姥姥已经八十一岁，早年持家供养我，积劳成疾，又一味忍耐，不肯看医生，落下全身的病痛。我坐在她身旁，看她肿大的手关节和因迷路而委屈的神情，鼻子一阵发酸。

姥姥已经没有了牙齿，我只能陪她到学校的食堂喝粥，不远的路，她总是难受得停下来，一歇再歇，我很难想象她是怎么从家挨到了我的学校。她的饭量再一次下降，这印证了她明显消瘦的身形。姥姥手里拄的还是从村口树上折下的树枝，沧桑的树皮没有任何修饰。晚间，我在她身旁睡下，听她反复辗转，间或沉痛地呻吟，那是病折磨的，她能忍受的、不能忍受的疼，一起在夜深人静的时候，向她袭来。我坐起身，反复给她按摩，却减轻不了她的痛苦。

那时的我只有两个心愿，一是陪她去内蒙古医院好好看看病，另一个是买根像样的拐杖给她。我们相依为命十多个年头，早已生出了血浓于水的情感。是她给了我家，给了我名字，更给了我亲情。第二天，我早早去医院借了张轮椅，推她看医生，做检查，买大包大包的中药，又推她去附近市场买了根廉价的拐杖。

姥姥陪我住了几天，看我课业繁忙，只好回去。暑期过后，我在郊区租了套小房子，接她来同住。她每日不间断地坚持着、忍着苦味喝中药，可她的听力仍旧不好，身上仍旧疼痛，那是我的一块心病。姥姥给我裁了新衣服，她希望能帮我多做些事情，我希望她的痛苦能减少一些。

如此相依为命两年，我从学生过渡到职员，更少时间陪她。有时工作繁忙，很早出门，很晚回家。她的身体一日不如一日，我还没能力请保姆来家照料她，只好出门前煮好一日的餐食，放在灶间，晚上再陪她喝中药。她的睡眠越来越少，常常黑夜里坐起，偎在我身旁，放在我身上的她的手，也常常抖个不停。

呼和浩特的冬天寒冷漫长，不能出门时，她开始想念老家，经常念叨。临近新年的年根上，我答应陪她回老家过年，那时我在单位还没有转正，正是接受考验的时期，过年的日子越来越近，我却迟迟无法动身。姥姥见我忙着工作，再也不絮叨老家的事情，变得格外安静。不知是吃中药的原因，还是她强忍着不再喊疼，她的睡眠越来越多。那年，我们又在呼和浩特过了个只有两个人的新年，她用旧衣改了件新衣服给我，我给她买了双新鞋，两个人又一起煮了饺子，放了鞭炮。

每念及这段回忆，心里满是温暖。次年正月十五，单位没有放假，我还和往常一样出门上班，她叮嘱我路上注意安全，我要她等我回家。这个家，我走了，就只剩下她一个人，空荡荡的。那天下班时已是晚上八点，我推开门，她正坐在马桶上熟睡，我抱她到卧房的床上，睡在她身旁。那天夜里，窗外的烟花绚烂了夜空，她在睡梦中辞世，没有人看到她离开时的痛苦，直到生命最后一刻，她都握住我的手，陪在我身旁，用她的方式来爱我。

在她身前，我长哭不起。泪水像一团云，凝聚在天边，带着我的感恩，笼罩在我们两个人的家里。直到带着她的骨灰回老家入土的那天，雪花才纷纷扬扬落下来，云团散去。

那年春天，老家的乡亲在姥姥的坟前种了一棵白叶树，树下是她的新家。那里是我每次回去都忍不住张望的地方。她离开的两年多时光里，我总是在某个瞬间，想起她，眼泪就忍不住淌下来，让我无比思念。

白叶树如我，还在她身旁。在家前，坚守着一份恩情，春秋冬夏。

也是树叶渐渐成荫的这个时节，多年前的一个傍晚，在车站我接上了来呼和浩特看我的姥姥。她清晨从家里出发，坐车到县城。因为听力不好，从县城到呼市的路上她乘车反了方向，几经周折，一路颠簸才到了这里。

——《还在她身旁》

# 敖包相会

周五下午接到来自湖阳的手写信，落款处签着宋继南，这个名字是姥姥生前每日念叨的，我心里一阵酸楚。那时办公楼外暮色四合，凛冽的风呼呼刮过窗子，我端着茶杯站在北窗的热水器旁，看到路灯散发的柔光，忽然很感激昨日的那场流星雨，它们帮我完成了心愿，帮姥姥完成了心愿。

收信的心情很快淹没在繁杂的工作中，天更黑时走出办公楼，我将信紧紧搂在怀里，奔回家。书房里飘着绿茶的清香，这是姥姥喜欢的味道。月光透过窗棂落下来，书桌旁碧绿的剑兰一派生机。

我在灯下，寻着字迹，梳理一段纠缠了半个世纪的前尘往事。

在那个闹灾荒的年代，宋爷爷来草原谋生。住蒙古包，喝奶茶，枕着风干的牛粪入睡。每个日出，他骑着马，领着牧羊犬，赶着羊群，在一望无际的草原上放牧，日落而返。

命运很公平，它会让冥冥之中的两个人遇见，哪怕是场意外。

有一天，他带着羊群到草肥花香的地方放牧，接天衔地的草原景色处处相同，那时他刚到草原不久，天黑时迷了路。狼觅食的嚎叫声越来越近，牧羊犬急得发出汪汪狂吠，他惊慌失措。后来，一个蒙古族姑娘骑着一匹雪白的马跑过来，带他来到小山岗上的敖包前，生起篝火，赶走了狼群。她穿大红色的蒙古袍，袍上绣着白色的云朵。一双蒙古靴，蓝底白花，脚背上有两个蛋黄大的红缨球，她说姑娘穿这样的靴子吉祥，能避邪。她说话时，眼睛里闪着亮光，红彤彤的篝火照映在她笑盈盈的脸上，像他家乡春日的海棠花瓣，熠熠生辉。

在草原上，牧人相见都是尊贵的客人，她从腰里解下水壶递给他，风吹日晒一整天，他的水早已饮尽，他拧开壶盖咕咚咕咚地喝起来。羊群在夜色里安静下来，篝火忽明忽暗。她讲起敖包的故事。

最早的时候，敖包是草原上的交通标记，是牧民用石子堆起来的，像海洋上的灯塔。行人在夜里迷了路，只要能找到一个敖包，就能找到前进的方向，只要在敖包前生起篝火，四处居住的牧民就会寻着火光而来，送迷路的人回家。后来，敖包成了通信的工具，牧民居住距离很远，平时见面不容易，逢年过节互相馈赠礼物，为节省路程，就把东西送去放在敖包上面，再留张纸条，从四面八方来的人们就根据留的纸条取回各自的物品。再后来，敖包又成了人们相约聚会的地点，每逢盛大节日，家家户户全部出动，骑着骏马，穿上崭新的蒙古袍，带着羊肉、炒米、奶酒来敖包相会，亲人一般问寒问暖拉家常，畅谈牛羊骏马。最有声望的长者做主持，少年们四周拾牛粪捡干柴，姑娘们准备炊具割羊肉，阿爸们热奶酒，阿妈们烧奶茶。马头琴响起，人们按照辈分依次而坐，点燃架好的干柴牛粪，篝火冉冉。男人们大口吃肉，大碗喝酒，猜拳行令，吃得痛快，喝得豪爽。姑娘们跳起安代舞，唱起悠扬的蒙古歌，少年们摔跤、赛马。直到夜深人静，人乏马困。再后来……

马蹄声嗒嗒前来，邻近的牧民赶来带他们回家，敖包的故事戛然而止。她骑上马回头对他说，下个月的今天，我们还来这里相会，说完，消失在夜色里。

这个蒙古姑娘，就是我的姥姥。

那年那达慕，二十三岁的宋爷爷赢得了赛马冠军，成了一个优秀的骑手。在蒙古民族，如果你的对手是位小伙子，你能赢得他，他就把你当成最珍贵的朋友，永远敬重你。如果对手是位姑娘，你能赢得她，你就是她心中最可爱的人。他最后角逐的对手，就是我姥姥。

此后，他们常常在敖包相会。白天放牧羊群，晚上骑着骏马如约而至，明月当空，夜色茫茫。终于有一天，他们约定在一起。

若没有阴差阳错偶然的遇见，若没有似是而非怦然的心动，若没有恋恋不舍和频频错过，若没留下那些没能说出口的不舍，若没有那些如影随形的遗憾，爱情的美好，便不会

这么让人断肠。宋爷爷在信中用放逸行书，抄了一首20世纪50年代草原上流行的民歌——《敖包相会》

十五的月亮升上了天空，为什么旁边没有云彩？
我等待着美丽的姑娘，你为什么还不到来？
如果没有天上的雨水，海棠花儿不会自己开。
只要哥哥你耐心地等待，你心上的人儿就会跑过来。

我在字前沉思，长久凝望这片字迹。我有想过这样的情节，后来他们一起离开草原，去他的家乡，一个叫湖阳的小镇生活。可是命运却给他们开了个大大的玩笑。我在断断续续的回忆里，复原他们无果而终的约定。

第二年盛夏，姥姥二十岁生日，她要嫁给已有婚约的蒙古族少年。有时候，人们总是这样，无可奈何地匍匐在命运的脚下，却又万般不屈服。她不愿意走向命运的圈套，不愿意遵循古旧礼俗，像她的阿妈那样娴熟地演绎妥协，走上被规划的坦途，残忍地闷死灼热的梦想。她后来曾用蝇头小楷写道，庆幸年轻的棱角没有被庸碌打磨，庆幸没有用雷同的模具浇铸人生，庆幸没有将期望送上流水线生成千篇一律的失意。

她选择和他一起远行，为爱情，为逃离。他们踏上路途，朝着他来时相反的方向，一路向南，颠沛流离，最终在湖阳落脚。然而一场战乱之后，他们离散天涯，彼此再无音讯。

数十年后，我出现在姥姥的生命中，她在孤儿院门前将我抱起。那时她已过花甲，仍徘徊在小镇，以在街角叫卖熟食营生。此后数年，她带我流连在湖阳，日复一日地等待。她总是在所有日暮星辰初起的时光里，低头写字，有时候写一段，有时候写一篇。他像是一根鲠在姥姥心脏肉中的刺，永远陪伴着我们。久未联系，她的情谊却未曾淡薄。

后来，她带我跋山涉水回到内蒙古，《敖包相会》已经在草原上唱响，成为经典。每当听到这首歌的前奏，不论姥姥在做什么，她都会停下来，慢慢听完。我知道，在无数个孤独守候、孤单等待的日子里，在她坚持不下去的时候，是这首歌让她把心狠狠收紧，一次一次在平白的人生里，写下信念和守候的理由。只是这一路，遍布泥泞积水与荒凉的脚印，他不曾看见。

在我十八岁外出读书那年，姥姥执着地在户口本上给我取了和她相同的名字，以此来延续未了的爱情。生命里有太多人来过后隐了踪迹再无从找寻，也有太多人需要珍惜，太多情分不可忘记。时光绵长，姥姥希望她能一直停留在这里，在他能找得到的地方，不凋谢不褪色不急迫不眺望，从容久远地坚守着每一个真实度过的日子，就像他在一旁观望一样。

多年后，秋已经很深了。宋爷爷辗转来到呼和浩特寻亲。姥姥已发丝全白，耳聋目浊。那日，天空暗沉低迷，我陪他们在如意河畔落满白杨树黄叶的路上行走，冷风从敞开的领口巧妙地探进身来，我看着两个老人，在瑟瑟寒风中相会，眼泪顷刻而下。姥姥的一生，有多少人不理解，有多少人用同情的语气劝解安慰，她始终未掉一滴泪。如今一个远道而来风尘仆仆的拥抱，如此真切可触的温暖，她等了几十年，终于泣不成声。

此后数年，两位老人在各自的城市对望，他们因年岁过高，身体状况不允许，直至姥姥辞世，再未相见。今年初冬，宋爷爷再次来姥姥和我的住处找寻，得知姥姥离去的消息后一病不起。病中，他提起笔，和泪研墨，长长短短写不出半字。这曲《敖包相会》将千帆过尽的人生细数，他们半个世纪的等待只源于太过美好的初见和太过灿烂的期待。我知道姥姥此生，并无悔意。她曾说，在爱情里，浪漫太过脆弱，却仍有痴心人宁愿一晌贪欢，也不去求一世安稳。人易不知足，却总在不该知足的时候知足了。他们后来相见，她知道他已子孙满堂，却只字未提她忍受过的漫长等待，在她的心里，初见仍旧美好，期待仍旧灿烂。

我的姥姥，她怀念自己骑在骏马上奔跑的自由，她喜爱敖包相会里简单的爱情，她爱护她的孩子，她用一生将他们初见时，关于敖包那个未了的故事，讲给我们听。

茶香渐渐变淡，月亮西斜。我学着姥姥的样子，打开音响，在熟悉的旋律里，梳理此间平实的花好月圆，将粗粝的疼痛与眼泪隐在漫漫夜色里，执一颗心守候爱情。

铺展开信纸，临摹她的笔迹，将敖包相会的故事娓娓道给当年骑在骏马上的翩翩少年。

十五的月亮升上了天空，为什么旁边没有云彩？
我等待着美丽的姑娘，你为什么还不到来？
如果没有天上的雨水，海棠花儿不会自己开。
只要哥哥你耐心地等待，你心上的人儿就会跑过来。

我的姥姥，她怀念自己骑在骏马上奔跑的自由，她喜爱敖包相会里简单的爱情，她爱护她的孩子，她用一生将他们初见时，关于敖包那个未了的故事，讲给我们听。

——《敖包相会》

# 我们说好的

季节轮回，在一次寒冬之后，春天再次与我们相遇。去岁整个冬日，这里都没有雪，你走之后，我在心底一直保留着你说的“愿白雪花归来”。前些天，终于飘起雪来，我感觉到像是你回来了，到了我的身边。下班之后，我跑到雪中，伸手去握那些白色的、你向往了一个冬天的雪花，它卧在我的掌心，似是你的气息沁入了我的世界。

姥姥，你知道吗，我一直都认为，你没有离开我，还生活在我的世界里。可当那一掌心的雪开始融化并化为雪水的时候，我忽然很想念你。

我们说好不哭的。这次，我没有做到。

姥姥，我有很多话要对你说，我知道你听得到我的心声，也看得到我写的这些文字。

今天晚上，我已经做好了求职简历，明天，我会把它亲手递到单位招聘的地方，相信在不久之后，我就会变成一枝你喜欢的向日葵，在太阳下开花。

多年前，你从人群里把我拉出来，你说“孩子，我们回家”。我忘了季节也忘记了自己的年岁，就跟你从迢迢千里之外奔赴到内蒙古，回到了“家”。你给了我家，也给了我整个世界。你让我见到灿烂的太阳，见到开花的树、流淌的小溪和洁白的羊群。那年我七岁。

七岁的我，是个沉默的孩子，总也不说话，见了你，只是笑。你以为我不会说话，就想方设法向人学习哑语。当你第一次用手势对我表达你的想法的时候，你说“孩子，以后我就是你的亲人了，有我在，你不要怕”。你没想到我竟然开口说了句“好的，姥姥”。你着实吓了一跳，几个月来，我一直是个无语的孩子啊，发声对你来说，算是很大的意外。你很高兴，高兴得脸上挂满了泪水。

你让我像别的孩子一样坐在了窗明几净的教室里，读书写字。家里并不富裕，为了把我从孤儿院里领出来，你花尽了身上所有的积蓄。为了把我带回家，一路上你用尽了一切办法去做苦力，我们步行了很长很长的路。

儿时的我向往读书，站在学校的窗户外也曾偷偷地学习写字。你看见后，就拼命地做工，什么活都做，我多想帮你一下，去帮你看守羊群或和你一起去帮人盖房子，你不让，你说只要让我好好读书你做什么都行，我亲眼看见你的头发一天天变白，明媚的春光里，你花白的头发常常能刺痛我的眼睛，让我流泪，于是你就教育我说以后不能轻易掉眼泪，要坚强生活，我拼命地点头。

在你眼里，我是你的希望，是你的未来，也是你的依靠。

这么多年来，你为了我的学业日日夜夜地辛苦，夜夜日日地忙碌。我一直以为你还是我小时候那个健朗的姥姥，可从什么时候起，你的身体不再矫健，脚步不再有力，粗心的我从来没有察觉到。

元宵节那天，你的听力又有些不太好，我想留下来陪你，你不让，你嘱咐说，要好好工作，好好生活。你说我有了份朝九晚五的稳定工作，这些都让你很安慰，将来就算你走了，也不会牵挂我什么。

当时，我只觉得这些都是你说的玩笑话。

没想到，晚上我下班回去，才发现你安静地坐在椅子上，安详地离去了。

我没有哭，因为我答应过你不哭，要坚强地走下去。窗外漫天的烟花，从城市的各个角落散落，我抬头看天，黑色的天幕上，我仿佛看到一颗明亮的星星，那是姥姥的眼睛，在关心地看着我。

七岁那年的春天，也是元宵节，我们走在回家的路上，看到别人的城市里，一飞冲天的烟花，灿烂耀眼。那时，你说我们的生命就像烟花一样短暂，在有限的生命里，你希望我能有烟花一样美丽的光影，回报给那些爱、关心和帮助我的人，我不知道自己能否做得到，在没有你的日子里，我的心动荡不安。如若不是在工作，用忙碌填充时间，刻意忽略、压抑、隐藏对你的思念，也许，我就不会有现在的安静，对着电脑，敲打键盘，对你倾诉。

你离开之后，很重的失落陪伴着我，无数个失眠的夜晚，我念起小时候你教我的诗《春江花月夜》，张若虚在其中寄托着对生命美好的感受与认同，对人生短促的怅然感伤以及对宇宙亘古的哲理思索。我能从诗词中找得到表达自己内心感受的句子，几句或更多。

“白云一片去悠悠，青枫浦上不胜愁”，在我看来它不只是描写相爱男女的分别与相思，它也可以表达曾经的我，精神家园的灵魂如白云一般悠悠而去，留下我孤独地惆怅守望。在喧嚣的都市里向往着宁静，在颠沛流离之后守候着宁静。似水年华，光阴似箭，我知道天上的明月也一样能照到你的身上，不论你去往哪个地方。夜已经很深，窗外还隐约有汽车驰过留下的笛音。静静地闭上眼睛，意识里出现的是你慈祥的笑脸，仿若你还在身边，静静地陪着我。

姥姥，春天来了，我会很温暖地生活下去，因为，我们说好的。

你说我们的生命就像烟花一样短暂，在有限的生命里，你希望我能有烟花一样美丽的光影。

——《我们说好的》

# 相见欢

春节过后，有很长一段时间常常很想念家乡的模样，勉强能够记起的皆非常模糊，却也一直在怀念、纠结和割舍不下。也因了这种念想，内心深处真正感觉到了虚空与孤单，仿若大漠中驮行的骆驼，风起的时候忘了回家的路线。

前几日接到舅舅电话说姥姥祭日，需我回家一趟，考虑到我工作的原因，舅舅趁假期喊我回去。若在以往，我会回绝，这次，真切地想回去了。

北方接连很长时间的雪冻天气，让回家的路变得异常漫长。赶回去的时候，已是晚上。刚过完年，村里家家门前还都挂着喜庆的灯笼，我在一片红色的灯晕中赶到村口。那时舅母已经等我多时了，她站在村口杨树下姥姥生前常站的地方向着大路的方向张望，望见我，欢快地喊我的小名，跑到我跟前，一把把我抱在怀里，靠在我脖颈上的脸冰凉，然后拎起我单薄的行李，回家。

桌上的菜已经凉了，舅舅坐在灯下抽烟。听见院子里的响动，他知道我回来了，熄了烟，走出屋来。这个年近五十岁的男人，看着我，不言不语，只是笑，搓着双手。

简单地寒暄，聊一些家常，夜便已经深了。从始至终，舅舅只是说丫头瘦了，我听得出其中的疼爱。舅母紧紧地坐在我旁边，一刻不停地握着我的手，满眼是泪。我却一直笑，一直对他们说这好那也好，真实的境况已不再重要。其间，几次都鼻子酸酸的，眼泪在眼眶里打转。

我已经四五年没有见过舅母了，最初是考上了大学，带姥姥搬到城里住，便没再回去。去年姥姥辞世，我回家时，舅母在外，没赶得回来。算算时日，差不多五年光景，本以为她还和以前一样形体健壮，说话大声、严厉刻薄，如今得见，却似姥姥当年般慈眉善目，声音也有了年老的味道。

在家两天三夜，与舅母之间的往事被一点点梳理清晰。

我被姥姥领回家的那年，舅母的女儿刚好病逝，和当年的我年龄相仿，也许是失女之痛，也许是爱女之深，让她以为像我这样瘦弱的女娃都挨不过苦日子，早晚也会与她女儿一样病中辞世，所以她千方百计地阻止姥姥收留我，其实她是再也承受不起失去亲人的痛。几番争执之后，姥姥带我到村口的旧宅里相依为命地生活，从此，很少能与舅母相见。每逢年节，舅母也会给姥姥和我置办些新衣，我生病时她也曾几度在医院陪伴，只是她言语刻薄，眼神冷漠，让我一直认为她在嫌我，所以在她面前，我的话少之又少，也从未给过她任何称谓，连一句舅妈都不曾叫过。现在想来，其实那时舅母还是疼爱我的。

她牵我去后山为姥姥上坟，偏偏要走在村里的大道上，逢人便告诉人家是我回来了，还长得这么高这么俊俏，生怕别人认不出我来。我明白，她把我当成了她的骄傲，从始至终她都把我当成女儿，不曾变过。那日，在姥姥坟前她痛哭失声，长跪不起，我甚至能看见挂在她脸上的泪水结成了薄薄的冰。在凛冽的北风中，她几乎快成了冰人，我用力地搀扶，却也未忍住悲伤，陪着她哭出声来。那时虽寒气侵骨，心却感觉到了温暖。

那几日，每餐饭她都选我爱吃的做，一再劝我多吃些多吃些，仿佛她的世界只剩下我一人。返程的那天早上，因赶班车，我早早起床来到车站。车要启动时，我看见她拎着大包小包站在车边正往车里张望，还不停地拍打车门说些让司机停车之类的话。车停了，我跑下去，她有小小的埋怨，责我匆忙，怨我没有告诉她就离开了。不等我回答，她便奔到车上，把手中拎着的食品衣物之类的安放在我的座位上，又安顿好我，才犹豫地下了车。

车开动时，我回过头，看见舅舅和舅母站在路旁无边的冰地上，轻拭着眼泪，北风吹过的时候我才发现舅母脚上穿的还只是一双单薄的拖鞋。

手机铃声响起，舅舅在信息中说，这些年舅母只想让我喊她一声“妈”。我低下头，眼泪汹涌而下，回复时认真地写下——明年过年我一定回家。

# 乡亲乡爱

每逢落雪，似有一种情结在，满心欢喜。北方岁末岁首，总会有这么几场雪，第一场预示着冬来了，末一场预示着春来了。雪飘雪落，春来冬去，四季轮回。

周末打电话给舅妈，自从姥姥辞世后，我把大部分的感情寄托在她的身上。

我已经习惯拨通电话，称呼之后，听她在话筒那边絮叨村里、家里的琐事，村西二叔家新出生了八只小猪仔，村口花娘家又新添了个胖孙子，隔壁的秀花前两天出嫁了。她总是把几个不挨边的事拼凑在一起，讲得绘声绘色。

我认真听着，心甘情愿被她带回村子里，顺着林荫小道，从村西串到村东，在各家各户停留。像小时候吃百家饭一样，坐在热腾腾的炕前，一边聊天一边吃着莜面窝窝。

大黄狗在门外摇着尾巴从门缝里探出头，猫着身子向饭碗里张望……家里的院墙前两天倒了，舅妈说临近年关的那场大雪融化后，地基松动，还没来得及修缮。我说“是呀，那院墙太老了，等开了春咱再盖一座硬实的墙”。“才没两年呀，”舅妈埋怨说，“还是你进城读大学前建好的。”我2005年夏天进城读书，光阴流转，转眼已近七个年头。舅妈叹息，都七年了。是啊，七年时间，当年搬石头，置办砖瓦，一家人坚实建起来的院落，在一场雪落后，轰然倒塌。舅母沉默一下，接着说：“你姥姥都走三年了，快啊，真快啊。”

在这七年里，姥姥孤身一人带我进城，送我念完大学，找到工作，买了房子。那几年，姥姥拖着带病的身子，忍着疼痛，在无数个大雪纷飞的夜晚，撑着灯笼，陪我前行。我们像风雪之夜两只被困途中的骆驼，深一脚浅一脚，沾满泥泞，艰难奔波。姥姥无数次指着东方泛白的天空告诉我，看，那里是炊烟，我们快到家了。

四年后，我终于有了家，开始了幸福生活，她却无声离开了。

每个人心里，都有一片麦田。

那些参与我们人生的人，用爱和真心在麦田里种下一茬又一茬思念。然后，毫无悬念地离开，从此永无相见。只有你，还站在原地，生命里被撕出一道缺口，随着你爱的人的消失，缺口越来越大。

我求知四海，糊口人潮，唯有家园的那一缕炊烟永远温暖在心底。灶前姥姥弯身拾柴，起身盛饭，历经风雨留在眉间的皱纹和鬓边的青丝白发，是我不曾穷歇的力量源泉。每当我为了住进宽敞明亮的房子，为了品尝醇美的红酒和食物而深夜劳作不顾其他时，我想起姥姥简单朴素的一生。她告诉我，被爱和给予爱才是最重要的东西。

如同在某个落雪的黄昏，我站在街角橘黄色的路灯下，忽然懂得了爱和被爱。明白了此中对于信仰和价值的厮守坚持，明白了此中对于残漏和缺陷的包容忍耐，明白了此中我们握在手中点点滴滴的平常时光，明白了平淡才是最大的幸福，最大的幸福都在我们不曾远离的素日生活里，如灶间烟火，一茶一饭。

光阴在前，生命在后。我一直愧怍于未能更加努力上进，以更早地换取一个更加贴切美好的未来，在姥姥的有生之年，嫁户好人家，让她看到我作为人妇的幸福模样；又或者送她去更好的医院治疗，让她长命百岁；陪她坐次飞机去旅行。就像多年前的某个深秋，我们坐在山脚下的石头上，望着月出东山。她在月亮下给我讲大科学家的故事，一个能把皇冠泡在水里找回丢失的黄金，能用原木把船推向大海的人物，多年后我才在书本里知道，这个在姥姥故事里充满传奇色彩的大人物叫阿基米德。那时候月亮照在我们的脸上、肩上和身上。我们坐在彼此身边，远远地望着天空和城市。我用稚嫩的声音喊，我要当科学家，这句话在山里面回荡，惊飞了几只入眠的鸟雀。当时的情景，成为我一生珍藏的温情片段。

还会有几个人能记得你小时候说过的话、许下的愿望和没心没肺的天真呢？姥姥重病昏迷的那几天，又讲起我这个愿望，她一度盼望我能成为阿基米德那么传奇的人物，又或者是能从水里捞出黄金的角色。她说传奇的人不会被欺负，拥有黄金的人生活富足。她多么简单的愿望，却始终与我有关，我深深感受到了被爱的幸福。

原谅我。

生命的代谢无一例外地在所有人身上展现它最原始的张力，舅妈在过去这七年里长出了许多白发皱纹，越来越像姥姥。她每月寄来多年前我爱吃的零食、本命年需要穿的红衣服，甚至手工手套、绣花的鞋垫、针织的围巾、大红的帽子以及其他。她还当我是个孩子，唠叨吃穿用行，面面俱到，让我在缺失一份挚爱后，得到补偿和温暖。舅妈爱雪，就像姥姥一样，我继承了她们的生活习惯，也对雪有特殊的情感。姥姥在一个飘雪的日子离我而去，而舅妈却在铺满白雪的春天，送来了等量的爱。

大雪里，所有的日子都是温暖的。你们在，年年雪相似，岁岁新长成。

如同在某个落雪的黄昏，我站在街角橘黄色的路灯下，忽然懂得了爱和被爱。

——《乡亲乡爱》

# 猫猫的故事

猫猫的故事，从我八岁那年说起。

我见它时，它才一个月不到，瘦瘦小小的，一副没精打采的样子。那天，天已经很晚了，姥姥才回家，她刚进院子就大声地喊着丫头。我从床上坐起来，点上油灯，不情愿地应声。姥姥进屋，神秘地对我笑笑，然后，将油灯调到最亮，解开粗布襟褂，将一只小狗从怀里抱出来。睡意一下子跑到九霄云外去了，我好奇地凑过去，还以为它是一只猫，可姥姥说那是一条狗，它太小了，又蜷缩着身子熟睡。姥姥让我给它取名字，猫猫这两个字，一下子就冒到了我的嘴边。

第二天，我醒来的时候，猫猫就卧在我旁边，它也醒了，两只眼睛黑亮黑亮地看着我。它身上的毛发还未长全，粉红色的身体部分裸露着，我不敢伸手去碰它，但我知道，它以后就是我的玩伴了，我要对它好一点。我拿着焙子喂它，姥姥说它只能吃嚼好的食物，于是我一口一口将焙子嚼碎放在牛奶里让它吃，开始它怯怯地望着我和食物，试探着靠近碗钵，嗅了嗅，才伸舌头舔食，小心翼翼，渐渐大胆，渐渐学会了和我抢饭吃。

一个夏天连着一个秋天过去了，初冬的时候，猫猫已经可以陪我去山上放羊了。我们一起赶羊上山，到牧草鲜美的地方，任羊驰骋。猫猫很负责任地帮我管好每一只羊，我空出时间摇头晃脑地背《三字经》《百家姓》。时间久了，我在一边背课文的时候，它就在一边三声三声地叫，仿佛在学。我们俩高一声低一声地比对着，坐在一起，看着羊群，直到日头偏西，我挥着羊鞭，唱着《少林寺》里面的《牧羊曲》，带羊下山，回家。猫猫一会儿跑到羊群最前边领路，一会儿站在羊群外侧大吠几声，一会儿又折到我跟前欢几下，一会儿又用奇语怪调对着天高歌，简直是一狗模狗样的狗歌唱家。

猫猫的小窝就在我的床前，晚间我起夜的时候，都会叫醒它，出门帮我探路，再陪我一起去厕所，它会在墙外面等，用它特有的狗低音“呜呜”地低咽着，穿过墙，我知道它还没有走，还在，我就踏实了。有几次，姥姥带它去了很远的亲戚家，夜里回不来，我会一个白天不敢喝水，渴得嗓子都干了，也不敢喝，没有猫猫，我不敢起夜。天还未黑，我就把门拴得死死的，山村的夜里，常常会有狼和其他动物的叫声从远处传来，我害怕。有一晚，在后半夜，猫猫竟然回来了，它一边叫着一边扑打门板，我从梦中惊醒，又高兴又激动，打开门，抱住气喘吁吁的它，哭得惊天动地，它倒好，安安静静地坐在床边，一声不吭。那天，我在猫猫的狗窝里哭着哭着睡着了。姥姥回来后说，猫猫和我太像了，鬼机灵，偷偷地记住了路。我和猫猫，你看看我，我看看你，不约而同地笑了。

后来姥姥再去远方走亲戚，我都吩咐猫猫在路上护送姥姥，不许回来。姥姥每次都带上我最爱的布娃娃，她说，夜里猫猫常常会想我，不停地走来走去，焦躁不安，她就把布娃娃给它，这样，它就安生很多。

立冬过后，牧草枯黄，山光秃秃一片，不多久雪纷纷扬扬覆盖了山原、村落和田野，不能放牧了，姥姥把村里人的羊一家一家归还回去，我们的羊圈里一下子空了很多，我小牧羊人的工作也下岗了，留守在家。村里的同龄孩子都去了隔壁村小学读书，我眼羡，带着猫猫每天站在村口，看他们上学放学。姥姥见我这样，皱下眉头，她每天来拉我回去，允诺明年开春就送我进学堂，我欢喜，猫猫也跟着欢喜。夜里，姥姥在灯下做针线活，我也要学，我说要给猫猫做一套棉衣过冬，别冻着它。姥姥只是笑，她笑我把猫猫折腾得人模狗样，不威武了。可我还是做了套只有猫猫那么大的狗才能穿得进的棉衣，做工粗糙得厉害，我本以为这个冬天，它穿不着了呢。

大雪接连下了一天一夜，不停歇，院子里的积雪没了膝盖，天还未黑，人们都关门睡觉了。深夜，猫猫警觉地站起来，汪汪狂叫，要冲出门去，外面，各家的狗也都在汪汪狂吠。有经验的姥姥知道，是村子里来狼了，雪大，狼就会下山觅食，我们的羊屋里还有几只羊呢。我担心猫猫太年轻，斗不过凶巴巴的狼群，死活不让猫猫出去。猫猫用舌头舔我的手，黑亮黑亮的眼睛看着我，满是渴望，我妥协了。

猫猫一溜烟跑出去，像一条真正的狗。接着，后山传来各种叫声。

很久之后，声音平息了，狼没有来我们家攻击羊，我和姥姥都格外高兴，可是猫猫没有回来。外面的雪仍在下着，姥姥带着我在雪地里，深一脚浅一脚地去找猫猫，遇到村民们和各家的狗，雪地上沥着深色的血迹，还有一只狼的尸体和从某只黑狗身上咬下的肉。唯独没有遇到猫猫。我哭着喊着，脸和手都冻得通红，猫猫哪去了呢？它不会死了吧？越想越难过，我失去了知觉。

醒来后，猫猫已经在它的窝里躺着了，和我第一次见它时一样，蜷缩着闭着眼睛，它的右后腿受了伤，大片的血在它腿边凝固了。我难过极了，拿出家里所有的药碾碎，撒在它腿上，包好，坐在它身边，守着它。

二爷是村里唯一懂医术的，他来看过猫猫说它就要死了，我狠狠地咬了二爷的手，我不许猫猫死。我给猫猫穿上我做的棉服，不停地唱“日出嵩山坳，晨钟惊飞鸟，野果香山花俏，狗儿跳羊儿跑，举起鞭儿轻轻摇，小曲满山飘”，我相信它一定能听得到。

好多天后，我又看到了它睁开黑亮黑亮的眼睛，像第一次喂它食一样，嚼好焙子放在牛奶里，它虚弱地伸出舌头，嗅一嗅，舔食。只是猫猫的腿再也回不到以前健全完整的模样，它走起路来一跛一跛，那只受伤的腿几乎是在拖着行进。

春暖花开，姥姥送我去上小学，猫猫在学校外面逗留了一天等我。该放牧了，我不放心姥姥，安排猫猫全程陪同，充当牧羊犬，它还是每天用嘴叼着我的布娃娃，无意间长成了一只大狗。休息日，我们仍旧一起背《三字经》《百家姓》，合唱《牧羊曲》，我在地上用树枝教它认字，抱着它睡觉，晚上它陪我起夜。我离不开猫猫了。

考上中学，就要到几座山外的中心学校读书，六天回家一次。开学那天，姥姥和我很早就起了床，像过年一样，我穿上新衣服，梳上辫子，在发根系上了红色的蝴蝶结。猫猫一直好奇地看着我，它琢磨不明白我要离开家多久，它跟着我们爬了一座山又一座山，走到乡里的时候，天刚蒙蒙亮。我们在路边歇下脚，它偎在我身边，恐惧地看着前方。前方的学校，对我们来说都是陌生的，可是猫猫表现得异常紧张，它咬着我的裤脚，拖着不让走。姥姥蹲下来，告诉它，丫头是要来读书做学问的，从书本上认识外面的世界。

我和猫猫都似懂非懂，它抬头看着我，黑亮的眼睛里有湿润的液体在扩散。我的泪也淌了下来，从脖子里解下红领巾，缠在它那只受伤的腿上。那天早上，一个老人、一个孩子和一条老狗，在中心中学的铁门外，泣不成声。

天亮了，很多学生来报到了，姥姥和狗也要回家了。我站在新生报到处，回头看他们一高一低，蹒跚着往回走，猫猫不停地转回身看我，它走得有些艰难，那条受过伤的腿一大早爬了太多的山路，更瘸了。我系在它身上的那抹红色，格外醒目。那时我们一家三口的希望是：做学问、认识外面的世界。

第一个休息日，我匆匆往家赶，走走跑跑，跌倒很多次。隔老远，我就看见村口老树下两个身影，还有一抹红色，在夕阳下招摇。猫猫也仿佛看到了远在山边的我，不停地欢叫着，迎接着。它一个跳跃，孩子般扑到我怀里，给了个暖暖的拥抱。无数个休息日，我们都是这样见面的，我在回家的途中无数次跌倒，手心上石头划破的伤痕，长成了疤痕，成了记忆。

有一天，姥姥说猫猫老了，体力不再似从前，食量也大减。是啊，它常常卧在小窝里睁大眼睛看着它前面的一切，也会躺在南墙根下，像个白发苍苍的老汉，晒太阳。可是它才四岁，怎么会老呢？我想不明白，我甚至不知道，狗的寿命远远没有人这么长，四岁都已经算老了，可是我都十二岁了，还是个孩子。猫猫头上的毛发还和以前一样，黑黑的，没有变白的迹象，我在心里窃喜，我以为狗和人一样，老了头发就会变白。我想办法做好吃的给它，偷偷把姥姥煮的羊肉丢在它的碗里，喂它酸牛奶，可是猫猫还是一天天瘦下去。

冬天，姥姥病了，卧床不起，猫猫也不吃不喝，卧在床边陪姥姥。我找来二爷给姥姥看病，二爷说姥姥的病是累的，腿脚到了冷天，就不好使了。姥姥为了供我上学，日日夜夜地做苦工，白天去建筑队，晚上去背砖，当时我暗暗下决心，不上学了，再也不上学了。猫猫陪着我，在一个大雪天翻过几座山，到学校把书和行李扛了回来。那次姥姥狠狠地揍了我和猫猫，我没有哭，猫猫也没有叫。

那个冬天，我和猫猫去后山打野鸡野兔。一些留作家用外，余下来很多，猫猫就陪着我去集市上卖，换一些生活必需品。猫猫虽是狗，但它不馋，闻到血腥味也不会偷嘴吃生肉。冬天慢慢过去了，胡杨树发芽之后，姥姥能下床行动，做活了。只是猫猫，更累了，它陪着我扛了一个漫长的冬天，阳光变得温暖了，它开始嗜睡厌食，我每天正午陪它在南墙根下晒太阳，听着羊叫的声音，我讲白求恩的故事、雷锋的故事给它听。我们还会唱“狗儿跳羊儿跑，举起鞭儿轻轻摇，小曲满山飘”这首歌，只是它的叫声苍老了很多，精神一日不似一日。

一个早上，姥姥说，“丫头，咱们把猫猫卖掉吧，它太老了”。我为此大闹，还是没有阻挡买狗的人在正午时分来我家领狗。我和猫猫坐在南墙根下，一起看着那个人给了姥姥二十块钱，走到我们身边，对猫猫评头论足之后，连拉带拽地往外拖。猫猫用两只后腿扒紧地面，那条受过伤的右腿因用力过大，而露出了白骨，在地上刻了两道长长的蹄痕。我在门口拦住猫猫大哭，拔掉了买狗人三轮车的车芯，最后抢回姥姥手里的二十块钱，塞到买狗人手里，那人看着泪流满面的老人孩子和拼死反抗的老狗，叹了口气，离开了。猫猫总算留了下来，它累得接连几天都站不起身来。

胡杨树叶都黄了的时候，我开着拖拉机耕田回来，姥姥坐在院子的沙果树下，一言不发。猫猫今天没来门口接我，它是怎么了？我走进房间，它像往常一样卧在窝里，呜呜哽咽着，它都病很久了，瘦得脱了形，我唤着“猫猫，猫猫”，它竟连睁开眼都很费力，挣扎着伸出一只前蹄，又重重地摔下去，连同呜咽声也一起停止了，身体冰凉。我的脑子一片空白，竟流不出一滴泪来，我知道猫猫走了，五岁半的猫猫离开了我。它头顶上的毛发仍旧没有变白，可它真的老了，老死在家里。

我又断断续续读了书，念了大学，来到城市里工作，再也没有养过狗。前段时间，邻居家的母狗生了两只小狗仔，我下班回家，刚好路过，进去看了一眼。有一只小狗瘦瘦的，小小的，两只眼睛黑亮黑亮的，右后腿上裹了块红布，邻居说这狗生下来，那条腿就有毛病，是个天生的瘸子。我的眼泪唰地掉了下来，猫猫的样子真真地又回到了眼前。

立冬过后，牧草枯黄，山光秃秃一片，不多久雪纷纷扬扬覆盖了山原、村落和田野，不能放牧了，姥姥把村里人的羊一家一家归还回去，我们的羊圈里一下子空了很多，我小牧羊人的工作也下岗了，留守在家。村里的同龄孩子都去了隔壁村小学读书，我眼羡，带着猫猫每天站在村口，看他们上学放学。

——《猫猫的故事》

# 温暖一生的时光

那是在老家，一进入腊月，大家就开始上街置办年货了。青菜、肉食、花椒、大料，一样也少不了。姥姥说少了哪一样，就没有了年的味道。所以，陆陆续续采购，今天这些，明天那些，带着过年的心情，不紧不慢地做着准备。

很小的时候，每到年集，我都要跟去三两次，买新衣服我更是想亲自挑选，所以必须跟着。天真冷，到处是冰，我被姥姥包裹得严严实实，挎上书包，屁颠屁颠地跟在她后面。赶集的人真多，平日里冷清的山道，忽然热闹起来，不觉间便到了集市。

在人群中，我安静地拽着姥姥的衣角，不作声，听她探问菜价肉价。小孩子并不关心这些，而是馋猫似的瞄大人们不关注的地儿，哪里有卖冰糖葫芦的，哪里有卖小玩具的，这些也都是我平时不敢打主意的小奢望。只有年根前，姥姥在街市上兴高采烈采购时，我才适可地提出小小的附加条件。她经不住我噘起小嘴半可怜半生气的模样，一般都会满足我。

赶年集，最让我欢喜的莫过于站在年画的小铺前，窃窃地看。姥姥立在一片红色里挑选年画，我则一会跑到东边，一会溜到西边，只为找一个适合的位置，端详心仪的画儿。我喜欢看画上古装的女子，这张年画的繁花深处，俊俏的身影，捏着兰花指，眉眼儿细细的，皮肤白净，满含着笑意。另一张画上，有轩窗檐边的少女，极美的模样，凭栏漫步，诉不尽的风情，让我痴痴走了神。

姥姥喜欢那种传统的图案，大胖小子、小胖丫头，他们或是掩在红彤彤成挂的爆竹间，或是骑在肥硕的鱼身上，或是端坐着，眼儿嘴儿都笑成了弯月，红红火火的气氛，年年有余的景象。如今想来，那也是老人家的愿望吧，盼着来年家境富足些、殷实些。我没有营生的压力，只欢喜得些小小的满足便够了。

年市一般散场很晚，等日头偏西，街才渐渐地空冷。晚了，姥姥会买一角糯香四溢的糕给我。裹着白糖，金黄的皮，豆沙的馅，还没入口，口水已在舌边打转了。而当我踮起脚尖将它举到姥姥嘴边的时候，任我怎么执意于她，她总是坚定地说不饿。现在想来，深知那时“不饿”两个字，真是最亲的谎言。

每每想起彼时情景，鼻头总会酸酸的，心底却能沁出暖意来。想来，能在寒冷的街上忍冻挨饿地看着你吃下那角甜甜的糕，也只有亲人了。等你慢慢长大，再有一个人挂牵你的冷暖饥饱时，你已学会快乐忧伤，面对时，也只在感动之间心生万千悲喜。那时的一切依稀如去岁之秋，却又年华似水地轻寂流过，再也回不去。旧了的时光，也终成为记忆深处一部唯美又不忍释怀的老电影，发黄了，仍然在心底开出幽香淡雅的花来，依旧是念念不忘。

如今每到年根前，看着街边挂起红红火火的灯笼，看着装点得喜气洋洋的城市，总不经意念起最亲的人，放在记忆里，温暖着一生的时光。

# 新年快乐

午后，像往常一样翻阅当日的报纸。六个月来养成的工作习惯，对不同报纸不同版面上的信息已了然于心，迅速浏览，重点关注，然后剪下所有与工作有关的信息，汇总粘贴并注明刊载版面和日期，备案。春节将至，工作愈加繁忙，用在剪报上的时间从最初的半个钟头，减至一刻钟，工作之外的信息，悉数拒绝阅读。当我在1月11日的《北方新报》中熟练地猎取目标，握好剪刀准备开剪的时候，一幅画无意中跃入视界：

冬日，辽阔无垠的沙砾草原上，散落着将消还融的白雪。远处天和地相连着，背景苍茫；近处草荒沙漫，积水似冰，穿着红色蒙古袍的孩子站在被羊群围成的弧形里，放牧归来。

那一刻我仿佛感受到了熟悉的长调从远处的风里吹来，又被风带向远方，眼前出现少年时代在草地上牧羊的情景，迫不及待要坐下来，回到那时那地。

那时我还在老家与姥姥相依为命，以牧羊和做手工维系生计。每年春夏放学归来，我都爬到村后最高的山头呼喊姥姥。家里养着一条叫猫猫的狗每日守护着姥姥和羊群，听到我的呼唤它就会大声回应，我们以此找寻到对方。日落西山，祖孙二人就带着猫猫，赶着羊群回家。

蒙古高原的秋天极其短暂，往往几场北风过后，一夜间草枯叶黄，四野空旷。姥姥却能在荒烟蔓草的山上找到乐趣，她高高举起手臂，摆动鞭子，优美悠长的长调随着鞭子的起伏回荡在山原和草地之间。那是我听到的最美的歌声，群山、羊群、我和猫猫都似安静下来，竖着耳朵倾听。

姥姥是传统而优雅的女人，她从不在人群中大声说话，也从不曾在乡邻面前摆弄羊鞭，美丽的长调只有在牧羊时响起。她钟情红色，那时几乎我所有的鞋袜和裤子都是亲切的红，甚至读书用的书包，都是她以红为底色亲手缝制的。正是那明艳的红色温暖了我的童年和少年。

老家的农作物一年一熟，丘陵草原相间的沙质土地严重缺水，逢上雨水稀少的年份，收成大减。彼时，姥姥年过古稀，我尚未成年，日子清贫，常常食不果腹。大雪封门的隆冬，我挨不过饥饿，曾偷偷跑到山野猎狩山鸡、野兔，总无所获而归。天黑后推开虚掩的房门进屋，姥姥不动声色地从锅里取出热腾腾的粥食放在灯下，待我狼吞虎咽之后，她将准备好的搓衣板搁在灶边，我懂事地跪上去，看她背对着我，拿衣袖拭眼泪。我强忍着不哭，对她说“姥姥我真的不饿”，却从不肯承认错误。她始终不会回头将我扶起来，直到我倦了，睡着了，她才抱我到床上，帮我揉搓已经跪得发麻的双腿。

她心怀热望，即使正在历经颠簸困苦，她仍旧不示弱于人，她不喜强求与被迫，通达知命，白手安心。乡邻敬重她淡泊的为人，冬日逢年过节会接济我们一些米面粮油和土豆，姥姥都会在盛夏劳作之后，带我将乡邻的接济如数归还。她不接受任何同情与怜悯，也从不让我手心向上获取施舍。但她爱我，我曾经问她给予我的是不是怜悯，她果断地否定，眼神却格外温柔，我们是彼此唯一的亲人。

我开始到城里读大学，留她在羊群和群山中。八十多岁的她已经没有力气再上山下野牧羊，我离开一个月，她卧病在床一个月。十一假期回去，她已瘦成纸人，看见我，仍坚持坐起来，从床头柜里取出饼干、鸡蛋和一些糖果递给我，喃喃地说，吃下吃下。那几日，我请赤脚医生来家帮她输液扎针，她的笑容多了起来，身体渐渐好转。假期结束，她执意送我离开，将家中所有能带走的食物完完全全装进我的背包，紧握着我的手，眼含热泪，送到村口。直到天黑，她都站在村口的白杨树下张望，不肯回去。

我成了她的风筝，从没想过要离开她的牵挂，也没有想过有一天她会将手中的线松开。小时候放羊时腿上留的伤疤，和我一起生长了十多年。而相依为命十多年的她辞世了，就好像在我身体的某个地方，重新留了一块新的疤痕。当我看到熟悉的羊群中一抹鲜艳的红色，我开始无法回避那种痛失亲人的怅惘和渴求旧梦重回的温暖，伤疤在心里隐隐作痛。

那一刻，我是那么迫不及待地想要回家，希翼着她还在老宅的院子里忙乎，白天去土地上耕种，在山里对着羊群放歌，晚上在灯下纳鞋底，缝新衣。她还在灶前生火，和我对话，还在庭院和田地间流连，尽管景也不过一片斜阳烟柳，田地作物也几度收割，但她依然会去走走看看，弯腰拔一些杂草带回家喂羊，那条叫猫猫的黄狗跟在她身后，慢悠悠地打发时光。她愿意放出全部的爱和时光，陪伴着我。我们、羊群和狗长年在野外谋生，山野的每一个角落她都如数家珍，我在某处留下的每一件细小的事情，她都熟记于心。可是当我离开她，离开那片土地，不再下地劳动，不再上山放牧，我已经如一棵杂草一样被田野拔除。家乡已在不知不觉中转化为故乡，亲人也在不知不觉中转化为故人。只有，在时间流逝物是人非中，她给的爱还生生不息。

新年近了，伴着远远近近的鞭炮声，我经过人群，炙热的思念堵在胸口，我没有哭。但回到家，夜深人静，看着剪报得来的《牧归》图，泪如雨下。今年我们注定要在无法触摸对方的地方相互陪伴，注定在无法重逢的世界遥遥地互道着：新年快乐。

有生之年，爱她如命。

老家的农作物一年一熟，丘陵草原相间的沙质土地严重缺水，逢上雨水稀少的年份，收成大减。

——《新年快乐》

## 第二辑　故乡的云

小时光，清晨吹过白杨树尖的风，柳梢头的月亮
年年盛开在陌上的花，亲爱的乡人，莺莺和青青
那里，还有这里
盛景言不尽——
故乡的云

# 小时光的往事

## 莺莺

被带到东村的时候，莺莺有六岁半，小小个子，瘦手瘦脚的，用红头绳梳着两根辫子。

那时莺莺还不会说话，整天跟在大人后面，略有害羞地用眼睛观察陌生的世界。村口的老槐树下有条小河，是她独自去过最远的地方。小河没有岸，河水从西往东在沙石之间流淌。冬天结满冰，到第二年五六月份才完全融化。第一次看到全部封冻的河床时，莺莺以为那是一河的盐，她悄悄走近掰一块放在嘴里尝尝，冰凉无味，才知道那是冰。到了夏天，冰融化成一河涓细的流水，那是她和羊群经常戏闹的地方。玩水是大人不允许的，她光着脚下水，常常还没看清水里面流动的水草或杂质，就被大人吼上石子滩。有几次她在石子滩上割破脚，怕挨骂忍痛穿上鞋子，瘸着腿慢慢跟着羊群往前走。

莺莺跟随年老的姥姥生活，八岁时家里又多了一条叫猫猫的小黄狗，猫猫就成了她的伙伴，整天形影不离。放牧回来的路上，她总爱玩，故意走得慢一些，猫猫会主动留下来陪她。等大人带着羊群走远了，她扯些青草编成圆环戴在头上，拿着小树枝在地上画画、写字，再无趣时跑到野草丛里掐花，刚长出花苞的蒲公英、白色的伏地花、黄色的小野菊都是她喜爱的，要攒成一大束才肯走。天快黑回到家，将花束背在身后，悄悄躲过姥姥的眼睛，跑到灶边拿白瓷碗装满水，把花放进去，摆在木质窗台上。偶尔也会被姥姥看见，被骂成野丫头，仍嬉笑着跑开，小黄狗也一溜烟跟着她进屋，摇着尾巴看她舀水。

不去放牧的时候，她常常坐在村口的老槐树下看进村出村的人。那时令她心动的，是挑着担子的卖货郎，摇着拨浪鼓，波棱棱波棱棱地响，货郎担子里有崭新完整带橡皮的铅笔，黄皮儿的田字格本、算术本，好看的头花，绕成团的线绳，白色透明的纽扣，大白兔奶糖和家家户户用的针头线脑。夏天农忙时候，每隔几天都会见到换豆腐的男人从槐树下走过，挑着扁担，一头放着水桶，一头放着装粮食的麻袋，切成方块的豆腐卧在水桶里轻轻摇晃。到了秋天，山野的沙果子长熟了，外村的人推着装满果子的车进村，和人换麦子、玉米、大豆。还有轧爆米花的老汉，一年最多来村上一次，小车子上装着肚子圆圆的机器，机器已被炭火熏得焦黑明亮，上有敞口炉子和拳头大小的黑炭，他一边走一边喊“爆——米——花——喽”。声音传到小孩子的耳朵里，他们馋得流口水，各家大人就都拎着玉米、大豆、蚕豆围过来，间隔几分钟“嘭”的一声闷响，开壶了，一肚白白的爆米花飘着诱人的香滚出来，装入谁家的菜篮子里，村里一阵沸腾。

隔壁的俊英和莺莺同岁，俊生则稍大一些。九岁之前莺莺家的炕还没有盖好，冬天她要和俊英同住。晚上大雪还没落下，她就早早跑过去，和兄妹俩玩羊骨，抓石子，在房间里躲猫猫。莺莺晚上睡觉前喜欢在炕上翻上几个跟头，和俊英躲在被子里互相挠痒痒，嘻嘻笑成一团。夏天跟着俊生上山捉兔子，逮野鸡，她扔石子是最准的，砸在兔子腿上或野鸡背上，小黄狗就跑过去追赶。秋天又跟着到林子里放牛，偷偷挤牛奶喝，被牛尾巴甩得满脸奶腥，心里欢快极了。那时电视里热播着《新白娘子传奇》，她很喜欢看。夏天一个人在家，常把白色的被单披在身上，又弄成两个宽大的袖子模样，悄悄学白娘子飞来飞去，小黄狗在门口把风，一听到有人来，她马上跳到炕上装睡。

## 小学校

十岁，按城里人的算法是九岁，俊英读到小学三年级了，莺莺一直不会说话，一天也没有去学校读过书。

小学校在河的南岸，沙土石子围成的大院子，两排房子整齐排列着，还有一面红旗高高伸向天空，远远都能看见。莺莺放牧路过，能听到里面传出的歌声、读书声、上课下课的铃声。莺莺心里真是羡慕坐在教室里的人，她不敢离学校太近，总是绕道，耳朵却一直留在小学校传出的声音里。放牧回来，常常遇着小学校放学，她赶着羊群飞快地往家跑，又总也忍不住回头偷看背着书包下学三五成群的男生女生。夜里梦见拿着课本和俊英一块坐在气派的学堂里，欢喜地从梦中笑醒，天还黑着，她听着风吹过窗棂，偷偷爬起来，拉亮灯泡，趴在柜子上一停一顿地点头默读《三字经》《百家姓》。常常坐着睡着了，姥姥再把她抱到床上去。

没事的时候，莺莺陪着俊英做作业，帮俊生抄课文，也帮村里的二胖、大庄、海英、海强他们写作业，换来小半支铅笔、一小块橡皮、几本用过的作业本，她拿回家，用橡皮把作业本上的字迹抹掉，照着俊英的样子，掰着手指算算术。俊英课本里的字，她多数都能认得，组词、造句、做数学题样样拿手，少数不能认出的字、不会做的题目，她都抄在本子上，拿回去让姥姥帮忙。莺莺乐在其中，她并不知道姥姥去小学校为她办理入学的事情，不能开口说话被拒，姥姥又四处求医找寻药方治疗她失声的顽疾。

莺莺喝了一年的药汤，药变换的苦味让她总是想躲避。有一次她鼓起勇气躲到小学校黑黑的茅厕里，天黑了，没有人来找也不觉得害怕，她甚至为走进小学校的校门感到自豪。夜深不小心睡着，第二天早上被发现，已经冻得发起高烧。她在赤脚医生家里醒来时，仍兴奋不已，笑着说，“姥姥，我去小学校了”。

她开口说了第一句话。姥姥高兴地笑出了眼泪。俊英也开心地边跳边喊，“莺莺可以和我一起上学了，可以和我一起上学了”。莺莺听到“上学”两个字，立马精神起来，眼睛里闪烁着光芒，仿佛要立刻站起来，牵着俊英的手奔向学校，成为真正的小学生。

## 三年级

从三年级开始读起，莺莺被安排在第四排，挨着俊英，谢青松的正前方。谢青松个子高高的，腿特别长。俊英说他的眼睛很好看，笑起来弯弯的，眉毛也黑黑的。莺莺就扭头偷偷多瞧了两眼，总瞧到他也在瞧她，羞红了脸，假装笔掉在地上，弯下腰捡。那时整个班上的热闹是男女同学不客气的打闹形成的，叽叽喳喳一片。俊英常常欺负他，他并不记仇，表现出友好和包容，莺莺才知道他脾气好，熟悉了之后，也配合俊英搞恶作剧。

常在快要下课时，俊英在草稿纸上画只大乌龟，用铅笔在下面写上“这是我”，再加粗描上个又大又黑的感叹号，莺莺心照不宣地拿出胶水，趁谢青松经过时悄悄贴到他背上。看见的同学笑得眼睛弯成了一条线，前仰后合，俊英在一旁忍住不笑，脸憋得通红，莺莺却实在强忍不住哈哈大笑起来。他听到笑声转过头，猜到后背上贴的纸片，也并不生气，笑着把纸撕下来，揉成一团装进裤袋里。长一点时间的课间，他也会趁俊英从外面进来，将要坐凳子时，伸脚将凳子往后拉，俊英不自觉闪坐在地上，惹得全班同学一阵哄笑。那时候教室里到处是笑声，从上到下，每一个角落都是欢乐的。

他有时也会将莺莺下一节课的书藏起来，任莺莺怎么翻书包、倒抽屉也找不到，他和同桌，连同俊英都在一边捂嘴偷着乐。又或者秋天，莺莺会在上学路上摘一把带刺的苍耳带到教室，扔到他和别的同学的头发上。又或者下雪时，抓一把雪捏成指甲大的雪球，趁他低头看书写字或趴在课桌上睡觉时，从他衣领扔进去。又或者和俊英一起在课间时捉住他的手，在他手腕上画手表。诸如此类。但这些总是女孩子容易吃亏的事情。带刺的苍耳落到莺莺长长的头发上，只消轻轻一揉便勾在里面，怎么拉也拉不出来，必须解开辫子才行。他的座位在莺莺后排，能在上课老师不注意时将小雪球扔到她衣领里，片刻雪就化掉了。更甚的是，他和同桌扭过莺莺的手臂，他力气特别大，莺莺挣扎不动，看着他们恶作剧得逞开心的样子，她也不觉得难过，安静地坐在那里，任谢青松和同桌用圆珠笔画一个圆圆的表盘、三根指针、四个刻度、两卷表带和表带里的横纹。上课铃响了，她都来不及责备他，就带着这样的装饰听课了。有一次被老师喊到讲台上做题，她伸出手，手表那么明显地暴露在同学们眼前。下课总有同学跑过来问："李莺莺，现在几点了？""你的手表在哪买的，怎么一直都是三点呀？"她都会狠狠地瞪谢青松一眼，她在同学面前丢了脸面，这时候才格外怨他。

从村子到小学校不过两三里路，大人们只消走一刻钟的时间，小孩子往往要一个钟头才能到学校。男生们在上学路上的杨树林子里，架起一条腿做斗战机，打弹子，玩纸飞机。女生们则踢毽子，跳大绳，互相咯吱痒痒，梳头发。学校门口有简易的小卖铺，店里整整齐齐摆着几节柜台，罩着玻璃，玻璃下放着文具盒、笔记本、信纸、贺年卡一类相对贵重的东西，上面放着许多零食，有小包的奶油瓜子，塑料袋包装的梅子块、杏子仁、唐僧肉，还有泡泡糖、小饼干、写字的本子和笔，都只要一两毛钱就能买到，最贵的也不到一块钱。莺莺不够高，踮着脚尖看，不停地咽口水。要是在夏天还能见到酸梅粉，三分钱买到一小包，包里面还带一把小小的玩具样的勺子，轻轻舀一勺放在嘴里，酸得要闭起眼睛来，眉毛眼睛皱在一起。货品莺莺很少买，每次经过都一定要钻进去看，好像只要看到满柜子花花绿绿的东西，就能得到一整天的满足。

深秋的时候，路过果子树，她都要爬上去摘几颗。踩到最高的枝干上，挑最好最大的，一路走一路玩一路吃。往往还走在半路上，就听到叮铃铃的上课铃声，她慌了神，撒开腿跑，同学们已经坐在教室里放开嗓子晨读。幸好还不算迟，老师并没要求罚站，莺莺喘着气，大步走到座位上，从书包里摸出书本，也扯着嗓子，大声读起来。

## 野丫头

北方的夏天，白天那么长，放晚学之后，太阳还高高地坐在半空中。莺莺放学路上见到风吹落的树枝子，也知道捡一些回家给姥姥当柴用。到家先坐在院子里的梨子树下写作业，将作业写好，就到灶上生火煮饭。八点钟，太阳光仍旧穿过杨树叶子落在屋檐上，莺莺熄掉灶火，关上门，去后山的路上接放牧的姥姥、小黄狗和羊群。她不像上学路上那么贪玩，一路小跑到山上，站在风口大声地呼喊猫猫，声音在山间回响，听到狗的叫声她才安心，躺在必经之路的草地上，数云朵。

一天她跑到后山喊猫猫的时候，遇上西村的大狗、二狗和几个男孩子，她喊一声，他们就应一声，她着急了，追着坏小子打。二狗绊到石头跌倒在地上，哇哇哭起来。一群男孩子回过头喊“野丫头，大黄狗，没爹没娘到处走。家里野，山里野，后面跟着个瘸子狗”。莺莺气恼不过，捡起石子扔过去，男孩子四散着跑开了。她看到那群男孩中有谢青松的弟弟谢春松，她想不明白那么好的谢青松，怎么会有这么顽劣的弟弟，喜欢欺负女生，又喜欢和小一点的男同学打架。她看到谢春松远远掉在队伍后面，就快跑跟过去，抓住他蓝色的书包带子，用力一拉，书包掉在了地上，带子断成两截。谢春松头也没回，丢下书包撒腿就跑。莺莺在后面追几步，没追上，只好回家了。

吃过晚饭，姥姥帮她把书包带子缝好，安排她去西村还书包。她们村和西村只隔了一块田地，大约有一百米的距离，她和俊英带上小黄狗一起过去。莺莺第一次去谢青松家，刚走到大门口，就听到院子里狗警觉的叫声，接着传出谢春松的呵斥声，门吱呀一声开了，谢春松从门内探出头来，看到月光下的她，又赶紧缩回去，大声喊：“哥，东村的野丫头来了。”

“小毛，谁是野丫头？”

“就是你们班那个李莺莺。”

俊英猛地推开大门，又惹了院子里的狗几声例行公事的叫。谢小毛还想说什么，被他哥哥拉到一边，谢青松走到她面前说：“莺莺，对不起。”

莺莺听到“对不起”这样正式的道歉，反而不好意思起来，她早就不记仇了。她将书包交还给他，说：“我是来还书包的，别耽误小毛做作业。”他接过书包，又郑重地说句“谢谢你，莺莺”。像对不起谢谢你这样的话，都是课堂上老师教的书面语，莺莺从来没有听人讲过，更加难为情了，转身要走。谢小毛却忽然窜到他们中间，大声嚷：“野丫头谢谢你，对不起请原谅，大毛喜欢你。”一面说，一面拎起书包向远处跑，跑得书包里的铁文具盒哗啦哗啦地响。

第二天放晚学的时候，谢青松在路上给了莺莺一大包沙果子。她才想起来，昨天晚上在谢青松家门前隐约看见一棵高大的沙果树。谢青松又郑重地说了“对不起”。那时已是四年级的末尾，夏天的云依然会在山顶聚成大朵小朵的云峰，远远望去像是草原上的蒙古包。田里的玉米叶长得茂密极了，是青黛相间的绿，密密一片。太阳在田里简直要晒出薄薄的烟来，轻轻地飘在庄稼地里，连蚂蚱也不跳了，四野寂寂。就在这一片青色笼罩的寂静里，莺莺升上了五年级，她坐到第二排，而谢青松因为个子长得太快，被调到倒数第二排去了。她不再扭头偷偷看他，她的心里，有说不出的矜持与失落，俊英却还坐在他的前面，这使莺莺略略有些安心。

## 白纸条

五年级时语文老师变成了班主任，要求每天填写出勤表。那时候每次考试莺莺都是第一名，被任命为班长，班级里面唯一的班干部，出勤表的任务就交给她完成。她第一次听说班主任、班长、班干部这样的名词，也是第一次知道出勤表这种方法。一个小小的本子，里面有许许多多横线竖线拼成的格子，第一列写着所有同学的名字，最上面的一行写着上课、旷课、迟到、请假，还有卫生状况，用五角星表示优，圆圈表示良，三角表示差。莺莺检查卫生之前都会先将衣服整一整，走到讲台上说一句“我要检查卫生了”，等同学们各自整理好个人卫生再下去一个一个检查，基本上所有人都能得到五角星。她走到谢青松身旁时，会无意识地多停留半秒钟，他总是穿得整洁干净，衣服上散发着洗衣皂的清香，她心里愿意多打一颗星给他。

俊英却因此和莺莺闹了别扭。她在数学课上收到俊英传来的纸条：你是不是喜欢谢青松？看到“喜欢”，她的脸竟然红起来，抬头看了老师一眼，赶紧将纸条紧紧攥在手里，手心全是汗。放学的路上，俊英故意拦住莺莺的路。

“俊英，我急着回去接姥姥。”

“你不说是不是喜欢谢青松，我就不让你走。”

“这和你有什么关系？”

“如果你喜欢他，我就和你绝交。”

“好啊，绝交啊，先放我回去。”

“你昨天还吃了我给你的泡泡糖，还给我。”

“那你以前还弄坏我的头花了呢。”

“你是小气包。”

“你是吃嘴精。”

就在这次类似吵架的经历后，俊英和莺莺划清了界限，连在村子里遇到，也要把头扭向一边，装作没看见，互不理睬。也因此，莺莺再不愿与谢青松讲话，检查卫生时，也很快地从他身边经过，不再停留。谢青松却仍旧会向俊英问起莺莺家里的事情，也在课堂上通过俊英向莺莺传纸条，纸条上都是基础的数学题，莺莺认真解答后又原路传回去。俊英气恼不过，向莺莺姥姥打小报告说，莺莺喜欢谢青松。姥姥拿细树枝抽打莺莺的小腿，然后罚跪在搓衣板上不让吃晚饭。像是秘密被发现了一样，莺莺躲在房间里哭得可怜，哭过以后就决定再不和俊英好了，并且，再也不帮谢青松解答数学题。莺莺并不清楚她喜不喜欢谢青松，她还那么小，哪懂得什么叫喜欢。所以次日再接到谢青松的白纸条时，莺莺看也没看就夹在课本里。一次、两次、三次之后，再没收到过他传递过来的纸条。

那以后，莺莺真的再不用回复谢青松带着问题的白纸条了，也不和俊英一块上下学。她照旧背着书包一路走一路玩，路上有那么多可爱的石子可以挑选，许许多多的小花朵盛开着，可以仔细选一朵摘下来别在辫子上，和别人跳皮筋她会，丢沙包她也会，连同和男孩子上树折树枝做弹弓她都会。小卖铺里的货品仍能使她产生兴趣，她的个子长高了一点，不用踮着脚尖看了。有时她会脱掉鞋子下到小河里面蹚水，顺便捡起漂浮在水面上的树枝子带回家晾在空地上。她已经不再迫切需要和俊英戏玩了，也渐渐忘记了谢青松身上飘着的洗衣皂味道。

小学毕业考试结束以后，她想问问谢青松数学考得怎么样，可是已经很久很久没有讲过话了，她忽然开不了口了。她有些难过，为什么不和谢青松讲话了呢？为什么不帮他解答数学题了呢？他明明没有什么错的。她记起未曾打开的三张白纸条还压在数学课本里，她把它们藏在包装课本的书皮里，于是急忙找出来打开，纸条上并不是数学题目，而是几句无关学习的话，一个是“谢谢你帮我算题了”，一个是“你怎么不理我了”，最后一个是“放学我们一起回家吧”。莺莺还是愿意再和他讲话的，她将“放学我们一起回家吧”这张纸条后面加了个“好”字，跑过去放到谢青松手里。他正在和俊英谈论着考试，这次俊英没有别过脸去，反而很轻松地问她“考得很好吧”。

考试成绩出来那天，莺莺不知道，是谢青松从学校取回了她的录取通知书。黄昏，风把斜阳吹到了一片云后面，莺莺正坐在门前的石头上低着头看书，谢青松跑过来，停在她身边说：“莺莺，你的录取通知书，老师让我一齐带回来了，还有俊英、海英、海强他们的。”她一怔，站起来去接，书“啪”的一声掉在地上。他竟笑着说：“我们录取在了一个学校，还在一个班哩，初一一班，就我们俩考在了一个班。”莺莺本没有听明白他在讲什么，但听到他高兴的语气，也跟着高兴起来。她说：“真的吗？快把通知书都给我看看。”

一只燕子从房门斜斜飞进屋子里，姥姥走出来，对她说快去给同学倒杯水。她脆声答应，把通知书放在石头上，欢快地往房里跑，那只燕子正在里面横冲直撞。晚风吹过，院子里杨树叶子哗哗作响，远处传来一声两声鹃雀婉转的啁啾。她并不知道，大概就从那天开始，她便如同误闯进房门中惊慌失措的燕子，一头扎进了未知而新奇的成长的时空里。

那时枝梢的风正好，鹃声渺远。

# 张家铺子

楼下有家小卖铺，是住在一楼的老张家开的。老张整年里光着头，寒冬天里也不戴帽子，头皮光亮亮的，又圆鼓鼓的。淘气的小孩子看到总爱问："光着个头，就不怕冷吗？"也有小孩的妈妈开玩笑说："老张长了头发是啥样？"老张总是呵呵呵笑着，一面算计着刚卖出的大白菜多少钱，一面用手指沾着唾沫补零钱给人。大家从来没有见到过他长头发的样子，都喊他"老张头"，他的真实名字反而没人知道了。就连他家的店都被叫成"张家铺子"，也有人索性把"铺子"两字省略，直接叫成"老张家"，比华美超市要亲切些。

华美超市是他家店铺的名称，临街处用霓虹灯做出闪闪发光的招牌，红底黄字。天近黑的时候，他就将电源插上，那几个字忽闪忽闪在夜色里闪烁。牌匾刚安装上那几天，他喜欢站在门前的一棵老槐树下，仰着脸欣赏，带着神气的神情，见人便夸耀：“这几个字是我设计的。”这几个字算是他认识不多的字里面最难写的了，别人只好安慰似的应声“挺不错的”。也有人并不接他的话茬，一秒不停地从他的店铺前走过去，他很失望地望着人家走远的背影，悻悻地说：“这样不识货啊。”接着又对下一个路人重复同样的话。

我家住在四楼，家里酱油瓶空了，炒菜少了盐，缺针短线或是灯泡烧了，抬脚下楼，几分钟工夫就能补齐。有时候出差在外地，手机欠了费，只好用公话打到他那去，让帮忙充值，一小会工夫铃音就响起来，是他打的，没等接起就又挂掉了，他总用这种方式告诉我话费充好了。有一次，来电长时间不挂，我以为有事情就接起来，他在电话那头说：“听你铃声好听啊，忘挂了忘挂了，你忙快忙吧。”我只好笑笑，这个老张头。

三楼的小崔从来不喊他老张头，总是恭恭敬敬地称呼他张叔，事实上，他并不喜欢别人“老张头老张头”这样地叫他，因此他对小崔也格外好。每次小崔从他铺子前面过，他都要问“上班去呀”，或是说“下班了”。小崔家的车常常停在他店前面的槐树下，夜里远远听到汽车警报响，他都爬起来，趴到窗户上往外探，确定不是小崔的车响才返回去睡下。第二天一早，他就站在楼下吆喝：

“小崔呀，昨天夜里警报不是你家车的。”

“小崔呀，夜里下雪，我把雨刷给立起来了。”

“小崔呀，一只大猫卧在你的车底下哇。”

然而，老张识字不多，他进回来便宜的货，将要过期了，他自己却不知道，总是热情地向大伙推销。“这个便宜，比超市里能省三毛钱呢”，“这个好，和超市里一模一样，才两块钱”。夏天，老张骑电动三轮车进货，回来都要绕到几个楼道前停下。陈醋、酱油、碘盐，还有一些瓜果蔬菜，满满装一车厢。他挨家挨户敲门：

“小玉妈，我新进来的陈醋你要不？山西产的陈酿。”

“秋香妹子，这次进的火锅料是小肥羊的，我按批发价给你。”

“桂英奶奶，我帮你捎回来一小桶洗衣膏，听说比粉状的泡泡要多哩。”

在楼前遇到聚在一起聊天的女人们，他也递东西过去，这家塞一瓶酱油，那家丢一包盐。价钱却也便宜，比批发价只多上一毛两毛钱。邻里扭不过情面，不太满意地留下，撇着嘴看他。他好像并不能觉察别人的态度，依旧笑呵呵去存车库送东西。看车子的夫妻俩坐在门前晒太阳，看到他过去，男人站起来走开了，女人躲不过去，摸摸口袋，难为情地说：“你看，我身上没钱。”这时候，老张显得格外“阔气”，像是在做好事一般，大声说：“他婶子，我看你家灶头的醋用得差不多了，这醋就放你这，啥时有钱啥时给，也不贵。”说着，已经把醋等一干东西放在板凳边，女人喏喏地看着：“这怎么好，这怎么好，你进货也占本钱哩。”再抬眼，他已经抱着东西走远了。

老张又去二楼乌云老师家，手里提着墨水、钢笔、水写笔一类用品。站在楼下都能听到乌云老师家书房里孩子们学习的声音，她正在做家教。老张来了，敞开嗓子喊：“孩子们，看有啥用的没有，我这便宜呀。”那些孩子叽叽喳喳跑过来，围着他，选了本子选了笔。乌云老师是蒙古族人，说话直，没等孩子们挑完，就嚷嚷着：“老张头，快去店里吧，别耽误工夫。”老张仍不愿意走，也不抬眼看她，乌云老师急了：“别买了，质量都不好，都是假货。”话语重了，热闹的场面忽然安静下来，孩子们拿着笔在纸上画，果然画不出印来。老张也蒙了，红着脸从楼道里走出，拿一杆笔在手心上划拉，嘀咕着：“怎么可能，咋就画不上印呢，这可是刚进回来的好笔呀！”

存车库里升起炊烟，男人拿起老张搁下的麻酱瓶看：“这老张头，又进过了期的东西，鬼才会买他家的东西。”女人接过瓶子要扔到垃圾里面，男人一把拉住她：“你个憨货！扔了还想让老张头再放一瓶吗？去，搁到灶台上去！”

华美超市的霓虹灯开始闪烁，月亮也升上来了，铺子里的客人格外稀少。老张像是听到了存车库夫妻的对话，挠着头，望向门外，喃喃地讲：“进回来的货，可都是好的，都是好的呀。”见我过去，他又拿出多味花生、饼干、棒棒糖等许多零食，问：“帮我看看，货有啥问题没有？”我哪里有识货的本领，仔仔细细瞧了半天，也没能找出问题，红了脸，匆忙称了颗柚子，抱着往家走。遇到院里几个女人，她们站在花坛边闲聊，见我从老张店里走出来，像是大吃一惊，说：

“你还去他那买东西呀？”

“怎么不敢呢？”

“你不怕假货吗？听说七号楼陈阿姨吃了他家的东西，

食物中毒了呢。”

我吃了一惊，看了一眼七号楼，又想起老张刚才难过的表情，回家去了。切开柚子，剥一瓣咬下去，也脆生生的，并没有变坏的味道。月亮卧在远方的楼顶上，清清亮亮，还没有完全变圆。楼下老张又开始喊三楼的小崔了：“小崔呀，有时间教我认字啊。”“哎！”小崔响亮地回答。那天之后，有人来他店里拿零食，他总会说：“让四楼的李子瞧过了，放心吧，这批货没有问题。”为此，我的心忐忑了许久，幸而那些货品并没有引起诸如食物中毒一类的事件。

入冬之后，晚上八九点钟，我读一本考研的书，趴在窗台下记笔记，隔一会儿就停下来看外面，隐约想念一个远方的人。几场大雪，地上积了厚厚一层，花园里的丁香树枝被压断了，褐色发黑的枝子埋在雪里。老张家的店仍然开着，雪大起来，落在小店前槐树深色的枝干和街对面缀在梧桐枝间的红灯笼上，很少车辆和行人经过，到处一片寂静。我拿相机出来准备拍几张街景。

一个瘦小的穿着棉大衣的工人，从楼角拐过来，闪进老张店里。他用蒙语打电话，说过年才能回家，让寄棉裤过来，问家里情况，忽然就哭泣起来。打完电话，老张问他怎么了。他用袖子擦擦泪痕，咽了口唾沫，说：“牧区遭灾了，冻死了几头牲口。”停了几秒钟，又说：“额吉也生病了，雪已经没过小腿，不好找大夫。”几乎没有多余的话，他竭力平静，然后解开棉衣，从夹层里掏出一个蓝色的旧塑料袋，层层剥开，取出五毛钱。老张看到他的手皴裂开了，指肚贴满了磨得起了毛边的胶布。老张拿了瓶酒给他，说：

“电话不要钱，想家了就过来打一个。这酒你拿回去喝，去去寒气。”工人将五毛钱放到柜台上，并没有拿酒，仍旧忧伤的样子，裹了裹棉衣，冲进了风雪里。

很晚了，老张还没有闭店，雪越来越大，他站在店门边，两只手揣在衣袖里，跺着脚。温度降到零下十几摄氏度了，连哈气都要结成冰，我问他怎么还不休息，他看了看外面，说：“说不定，那些工人还会来打电话，再等等。”工人们住在北面靠近铁路的屋棚里。屋棚的外墙被刷成深蓝色，积雪覆盖着铁皮屋顶，把它显得几乎矮到了雪里面。这样冷的天，简直就要冻透了，我问：“人能住在里面吗？”老张哈了一口气，说：“五六个人呢，每天过来打电话、买烟买酒。”他们抽二块五毛钱一包的大青山，烟质很粗劣。晚饭的时间过来买酒，酒是本地产的呼白王，烈酒喝下去，身体就暖和了。有些时候，他们也过来拿更好一点的酒，屋棚外停着一辆车，那是他们的工头来了。工头说话带着一股凛冽的酒气，似乎随时都是才刚大醉醒来一样，走路时脚下软歪歪的，潦倒的样子，夸张地摆着手，钻进车里。

屋棚旁有很大一棵腊梅树，这样寒的天气，屋子里的人都冻得魂不守舍了，那树却玲珑地开了花，星星点点的红。他们进进出出，却没有欣赏的心思。有人路过时折一枝子，丢在雪上，老张捡起来，把花插在酒瓶里。梅花的香气便如水一样漫开，小店里多出了不一样的生气来。

# 嘉木树庭

前年到南京去，时令上已是深秋。呼和浩特更冷一些，我离开的那天清晨，水面还蒙着一层薄薄的冰。到了南京，街边随处可见高大的悬铃木，树叶已完全枯萎，却有着别于春夏青绿的鲜明色彩，斑斓迷人、深浅不一的黄，让人心生温暖。风吹过，树叶扑扑簌簌落在地上，人踩上去，发出清脆的破裂声。调皮的孩子，大概是好奇这种声响，抑或是享受树叶在脚下从完整到破碎的过程，他们总是高抬起脚，用力踩在叶片上，低着头瞧见叶子碎了，便开怀大笑，让从旁边路过的人，也有了好心情。

有一天，搭乘315路去看一位长辈，我唤作“舅婆”。这是我最喜欢的线路，它经过一大片树林和一段旧城墙，还有植物园、紫金山索道、明孝陵、梅花谷这些站点，让我觉得这趟车像是游览的大巴，慢悠悠地在风景里穿过。我透过窗，看到树林披着一层秋色，隐隐约约的一些薄雾，疏落绕在树腰边，那地上更是落下许多黄叶，也没有人踩过，寂静得很。城墙砖缝里有很多紫堇，多数已枯黄，却仍能让人想起好时节里，它们一蓬一蓬悬在高处盛开的繁茂。一个下坡的拐弯，车子冲得飞快，山坡下的琵琶湖，只一转瞬便过去了。这湖的名字真让人好奇，遥遥可看到湖边秋色里的柳枝，仍旧是黛色的，柳枝之间一树红花开得很好。我瞧见时，忽然想起这株红花或许是樱花或桃花之类的，可彼时却已不是它们盛开的季节。因而在回程路过时，特意多看了一眼。车窗擦着悬铃木柔软的枝叶而过，燕雀湖水边蒿草猎猎。植物园水杉林下，延绵着大片石蒜花、牵牛花、伏地草，是很好看的。而梅花山却显得寂寞，谷坡上的梅花要待到白雪皑皑时才能盛开，我有心折一枝带回呼和浩特，过不了几天，那边就大雪苍茫了，最后也只好作罢，太冷，我怕它们不好存活。

离开时，舅婆嘱咐家人给我带回一包马齿苋干菜，一包秋葵，一包茭白，一包白果，还有一些自己酿的桂花蜜。这些东西，都被一种硬朗的纸包着，这种纸总让我想起《她从海上来》中张爱玲自商店买东西回住处时的情景，更像小时候散买红糖时，店家拿杆秤称过重量后的包装，黄褐色，散发着青草香，让我不舍得丢掉。

另一次夏末秋初时到南京，去参加一个面试，距今更久远一些。住的地方，楼前是一条长满梧桐树的路，楼后是一条流淌在光影里的河。清晨五六点钟醒来，窗子外面的鸟雀叫得正欢。我所认识的鸟不过是麻雀、喜鹊、燕子这三样，总不能分辨或描述它们的叫声。透过窗户瞧过去，一些麻雀正立在纵横交错的电线上闹，仿佛开会讨论的样子。单个的叫声很碎，又很急，许多交织在一起，十分热闹。偶尔从远处树林里传来“嘻嘻嘻”的鸟鸣，带着金属音质。我听到，才蓦然想起，这样的叫声，是读大学的时候，总在校园里听到的。那时，花白头发的教授总会告诉我，这是灰喜鹊的叫声。我在南京高大的梧桐树里，并不能寻见它的身影，猜想是它来到我窗前啼叫了一声，又飞到别处去了。

又一夜，听到雨声醒过来，担心降温了，这些鸟雀要到哪里去?

雨声沥沥，忽然有一种陌生好听的鸟鸣，自住处边的河面传来，声音中有一种说不出的忧愁。我不能辨别声音的主人，起身去问酒店值班的阿爹，他立起耳朵听，那声音似是消失了。我悻悻回到房间，窗外这样的声音又婉转啼来，声音清苦，仿佛沾湿了雨中的梧桐。我猜不出它的名字，想着兴许是鹧鸪吧，就躺在床上听它啁啾，一声一声。及至后来，再听到雨声，便想起它，是不是还在水面上啼叫?

某日清晨，坐在树下读张衡的《二京赋》。《西京赋》中说，嘉木树庭，芳草如织。想着，这不正是在说南京吗——嘉木树庭，芳草如织。

# 布谷飞过

## 一

青青在网上提交了留学申请后，辞了职。她决定回趟家，已经多久没有回去了，她算计着还是哪年过年时回了一次，距现在也有两三年了。她在电话里说后天能到家，那边妈妈高兴起来，说“我去车站接你”。弟弟也大声插嘴：“姐，我也去。”她的眼泪在眼睛里打转。

从车站走出来，她就看到了妈妈和弟弟。

房子还是她读书时盖起来的，三间瓦房，外加一间大一点的厨房，年长日久，屋内白石灰粉成的墙面已经暗黄，高处房角有雨水冲下来的痕迹，墙壁大片脱落，低处还保留着弟弟从前用炭枝乱画的歪歪扭扭的字迹。然而，两个卧房却是整齐的，墙面上贴的新报纸，还散着油墨香，床上支着粉色调围帐，也是新的，窗帘、书桌上的桌布和台灯一应全是新办的。她的家，有一种格外整洁、朴素的美，青青无端想起曾看到贾樟柯拍《二十四城记》的采访录，他说："很多家庭非常整洁，干净到一尘不染，床铺叠得非常仔细，即使在物质非常贫困的情况下，这时候你感受到他们的生活尊严。"

弟弟一步不离地跟在她身后。"有十岁了吧？"她问。"嗯。"弟弟却有些害羞，不好意思地转过脸去，又说，"我上六年级了，比别人早上一年学哩。"青青并没有问他学习情况怎么样，那是她小时候最不想别人问的事情。她从箱子里拿出一本《现代汉语词典》、一双旱冰鞋、一条黛色的围巾，还有一些零食。弟弟拿起旱冰鞋赶紧跑去厨房，妈妈正在烧火做饭，弟弟说："快看，姐给我买的。"灶火通红，妈妈坐在低矮的小凳上接过鞋，她并不十分清楚这带着轱辘的鞋要怎么穿。弟弟说："这是溜冰用的，我在电视上见到过。"

"咱家又没有冰地。"

"水泥地就行，学校就有水泥地。"

"你又不会。"

"我可以学呀！"声音很大，听起来有些冲，片刻他又小声说，"放心，我不会摔的。"

青青站在堂屋，听着梁间几只幼燕叽叽的叫声和厨房的对话，院子里，因为杏树刚开出满树的花，因为杨树新生出了新鲜的叶子，空气湿润润的，这一片小天地呈现出不同的生机来。她想起小时候，爸爸还在县城的机械厂做工，周末回来，带给她一本《新华字典》，她兴奋了很多天，每天带在书包里，也不嫌沉。那时候，妈妈也问她，字典会不会用。她也大声地说，不会可以学呀。

下午弟弟便拿着旱冰鞋不见了，前院的花婶坐过来和青青说话。村子里只有二十几户人家，如今渐渐空漠了。青年与壮年，大多聚集到城里打工去了，剩下的也都是老人、孩子和几个年纪稍大一点的妇女，妈妈因为有一份在小学校教书的工作，没有外出。花婶也是有学问的，一九七几年的时候读过高中，却因为晕车，进了城又没有方向感，滞留在家。一个人种了十几亩田地，除了自家的责任田，她又承包了村里外出打工人家的田地，繁忙农务和生活重压之下，还不到五十岁便显出比实际年龄大许多的样子，面容黯淡，然而十分健谈，村前村后的事，她便坐在那里，一刻不停地讲一遍。她饮水的白瓷缸，青青续了三次水，续第四次水的时候，天色已近黑了，弟弟从外面回来，膝盖上流着血，妈妈放下手中的针线，站起身责骂，拿起扫帚，举得高高的，将要落到他身上去。他躲在青青身后，可怜地喊着“姐、姐……”。青青带他去隔壁大夫家里包扎，绑上白纱棉，却也挡不住第二天、第三天……他下学后贪玩，几个和他大小相仿喜欢玩的小孩子相继负了伤之后，他们溜冰的技能大有长进，可以顺着水泥路飞快地往前跑，再没摔过。

直到青青离开那天，弟弟才翻开那本《现代汉语词典》，姐姐已在扉页上写好了他的名字“石浩浩”，漂亮的黑黑的三个字。他有点想哭，又从书架上取下已经用旧了的《新华字典》，翻开，在第一页上也看到了漂亮的黑黑的三个字“石青青”，那是爸爸写上的姐姐的名字。他竟站在桌子前哇哇哭起来，妈妈坐在水井边洗衣服，听到哭声跑过来。他并不理会，更加大声地哭着拨通青青的电话，抽泣着说：“姐，什么时候还回来呀？”

## 二

回村的第二天，青青就去村后看于老师。从奶奶家旁的村道绕过去，再拐一个弯，不到三百米的距离，一棵一抱粗的老杨树东面，就是于老师的家。青青小时候无数次从这条路上走过，那是她上学必经的地方。于老师房子后面是一条河，春天水轻轻柔柔地躺在河道里，白鹭鸟遥遥落在临水的河角，支着瘦如苇枝的脚，勾头观望水面，白色羽毛映在碧绿的水波上，真好看。青青站在河对岸，躲在柳树荫里，偷偷地瞧，她怕响动太大把鹭鸟惊飞了，连喘气都小心翼翼。那时候，拍照还使用胶卷，要到集市上的照相馆去，她一直想把春水白鹭的景照下来，央求妈妈很久，才一起去请照相的师傅来村子里拍照。他们站在河边等了半个多小时，白鹭像是知晓了人们的心思，来来回回踱着步子，并不立在河角看水。照相师傅失去了耐心，跟妈妈讲“就这样拍吧，就这样拍吧，我回去还有生意做哩”。青青心里是不愿意的，她不愿妈妈为难，就站在镜头前，摆一个可爱的姿势，对照相师傅说，一定要照上白鹭，也要照到水面呀。

妈妈把照片取回来，她看着白鹭在水旁振翅欲飞的背景，也很喜欢，却又一直惦记着春水白鹭的影像。有一天，青青来教师办公室写作业。妈妈和于老师在同一个办公室办公，将作业写好，四处闲逛。她在于老师的办公桌上看到了心里想的画面，原来于老师还会画画呀，她在心里说，欢快地拿起它，爱不释手，她忽然觉得于老师是了不起的人，怎么以前从没听别人说过呢。

推开虚掩的宅门，两只大白鹅伸着头扑过来，嘎嘎叫着。于老师正站在小菜园边往药筒里兑水，看到门外站着的青青，脸上闪过吃惊的表情，慌忙呵斥白鹅，将水湿的手在衣裤上拭干，说“你怎么回来了”。按着村里的辈分，青青要喊于老师大伯，但她还是叫了“于老师”。他们在院子里站下，青青帮他扶着药筒，于老师又端起铁瓷盆往里倒水。瓷盆底部印着红红的喜字和两只七彩的鸳鸯，不小心磕到井池边，发出清脆的回响。大概就是经常这样磕磕碰碰，盆沿上生出五六个放射状的锈斑，清清的水哗啦兑到药筒里，农药味散出来，有些刺鼻，青青不自觉打了个喷嚏。于老师笑着说，“已经不习惯了吧，你小时候也不怎么下田的”。青青也笑了，是呀，小时候爸爸是工人，妈妈是教师，家里的生活过得殷实，农活也不用她下田，小舅舅、小叔叔就能帮着做完了。青青拉了下药筒的手把，药水刺刺地从喷头里喷出，密密洒在小菜园的黄瓜秧上，水珠在嫩叶上沾着，团成一团滚落到地下。

虽年龄已不能称作小孩子，青青却有一些小孩子的神色，性情简单柔和，见到生人时，尤其是觉得将要亲近的人，常会露出那样的表情，表现出好奇和童趣，自己意识到了免不了不好意思，不自觉把头低下。有时和人在一起又说不出很多话，心里感到抱歉，只好尽力回答别人的问话，脸上流露出歉意的微笑，仿佛又带点怯的样子。于老师说，你还和小时候一样，话不多。青青呵呵笑着，问：“老师还在画画吗？”于老师怔了一下，仍旧弯着腰洗手，手上沾满洗衣粉，盆里的水很快堆集了一层大小相叠的泡沫，风拂过渐次破掉。

“这些泡沫我小时候玩过，这几年在城市里，只在公园见到过两次。”

“一转眼，你就这么大了。”

“进洋哥和生洋哥，都结婚了吗？”

“结了，家里还剩下礼明，师范就要毕业了。”

“回来教书吗？”

“能留在县城教高中最好。”

“女孩子适合做老师。”

放到从前，无论谁提到自己的三个孩子，他心里都是欢喜的。进洋和生洋是双胞胎，礼明小他们三岁，都是读书的好苗子。他们相继读了师范，成了于老师的骄傲。然而，上学、找工作，花光了他所有的积蓄，五十多岁的他已没有多少能力支付另一个孩子找工作的费用，更别说两个儿子婚娶买房的首付。于老师的画，自然少有空闲画下去。青青递药筒到他肩上，他穿着旧军装外套，背上很快被淋下来的水浸湿了。风刚刚好，青青一路跟着于老师去田里，他承包了比前院花婶更多的田地，有三十亩。遇到干旱，要花大价钱请机器从井里汲出水浇地，或是小麦扬花时忽然降临大雨，收成减产，这些都让他局促不安，然而没有一个年份是风调雨顺的。

路边的几块田，油菜花黄灿灿地开着，金色花瓣沾了水，落下来，粘在地里黄黄一片，早起的黄蜂正在采蜜。几个小孩子站在路边，拿着蒿子枝轻轻打蜜蜂玩，打到油菜花上，把露水和花瓣打成狼藉一片。看到有人走过来，他们则迅速收手，一动不动站在原地。

于老师要给油菜花田右面的麦田打农药，芒种时节，这些作物都要开始收割了。从前，没有收割机，没有自动化，人们顶着一块湿毛巾，拿着镰刀，弓着腰，一把一把割麦子。整块田收割完成，将麦子齐腰捆起来，装进木板车，拉到场地里，用手扶拖拉机拉着笨重浑圆的石磙一遍一遍碾过，麦子就从麦穗里脱离出来。青青常提着装满井水的暖水瓶，拎两个缸子，给爸妈送水。

那时候，总会有三只五只布谷鸟，越陌度阡，飞过平远方直的麦浪，停到路边的杨树高枝上，近一声远一声地叫“布谷、布谷”，从清晨叫到深夜。可青青却觉得那叫声还可以更好释意一些，她对于老师说，布谷鸟“布谷、布谷”叫的是不是“家公家婆，割麦锄禾”。贪玩的孩子猫在后面学青青的话，“割麦锄禾，割麦锄禾”，声音很大，听起来更像对着扩音器学人的八哥，连走在前边村道上的行人，也可远远听见。

## 三

青青陪妈妈下田拔草，也去学校小操场的单双杠上坐一会儿。小时候拼了力气要爬上去的单双杠现在只要伸出手，用力一拉，就能跳上去，双脚悬空坐着。下了课的小学生总围过来，一个问“你是新来的老师吗”，另一个说“你教我们班吧，我们班女生多”，再一个说“她是石浩浩的姐姐”。几个学生就跑到六年级拉石浩浩出来认，弟弟疯玩得满头大汗，拽起青青往妈妈办公室里走，他已经懂得难为情了。

晚上弟弟带小姨家的云峰回来，青青已经不认识他了。云峰从小便和奶奶一起住，他爸爸妈妈也都是进城打工的。一年得见父母的时候，不过放暑假，或是过年。他原本并不胖，去年暑假里，被爸妈接到城里住了三四十天，住在干净的屋子里，吃膨化食品，也去吹着冷气的店里，吃一种“KFC”，回来便成了这样，又黑又胖，且不再瘦下去。他又如一头小猪般能吃，不挑食，一餐饭两大碗米饭，或三四个馒头，俨然一个小胖子的胃口。

他和弟弟坐在院子里写数学作业，青青翻开云峰的语文作业本，他的字大而且粗，立在田字格里，更像樱桃园里立着的稻草人，齐刷刷地向左边倒，且潦草。在学校里，他个子高，位子靠后排，数学成绩还好一些，语文则总是错漏百出。于老师是他的班主任，说过几次，也反复帮他纠正过字体，他组词造句却仍旧是胡乱编写，字体仍旧像被风吹倒的。经常被叫起来回答问题，声音小小的，支支吾吾，半天说不出一句完整的话来。这些在同学眼里，渐渐生出了一种轻视的心，以为他笨，总是欺负他。遇到打扫卫生、值日之类的劳动，常分派给他做，课间也总捉弄他，只是并不敢将他惹急，提防他发怒，他壮实的身体还是使同学忌惮的。然而，因为过于憨厚的心地，云峰并不在意旁人的对待，也不会因为学习不好而产生自卑，仍然敦实地成长着。

他坐在青青旁边吃了两碗面条，将吃第三碗时，青青说，云峰留着肚子一会儿吃两个苹果吧。他嘿嘿笑着，说，再吃一碗面吧，还饿着哩。妈妈帮他盛的稠一些，他坐在凳子上呼噜呼噜几下，碗就空了。摸了摸肚子对青青说："总算饱一点了，姐，你拿果子给我吃吧。"弟弟跑进屋，将巧克力、水果硬糖、花生、瓜子端出来，放在台子上。云峰跑过去，各拿了一些装在兜里，苹果啃得香甜。弟弟带他去塘边玩山寨的丛林游戏，九点多回来，他将台子上吃剩的食品悉数倒到书包里，又扭头问妈妈"大姨，明天再包一些给我"。青青忽然竟觉得有些模糊的难过，她想打电话给小姨，一时又不知要说什么，云峰却说："我是想带回去给奶奶吃的。"

次日，青青带着弟弟、云峰去看奶奶。走过院外一排柳树，房子还是爷爷留下的，瓦檐上生长着青苔。房间的木门年久失修，挨着地面的部分已烂掉许多。因为窗子太小，屋子里黑漆漆的，靠墙的地方摆着两张床，床头用白色胶带贴着几张一九九几年的报纸，渐渐风化成黄色。奶奶正躺在躺椅上睡觉，云峰走过去，趴在她耳边大声说"奶奶，俺青青姐来看你了"。奶奶拄着拐杖站起来，她已经有些聋了，但眼睛也算看得清，青青放下手中的东西，走过去抓住老人家的手，扶到床边坐下。老人家不停地絮絮说："都长大了啊，长大了，长大了啊。"像是感慨年华似水。青青心里有点怨恨小姨，将这一老一少留在村子里，没有人照顾，真是狠心。

云峰玩闹回来，端起桌上的一碗水，咕嘟嘟喝下去。奶奶见了，骂道："再加点热的进去，不能喝冷的，要生病哦！”云峰已经喝完，抹了嘴，又往外跑。奶奶叫住说：“要吃饭了，快叫上浩浩洗手去。”他却只是用葫芦瓢舀了一点水，将手浇湿就算好了。弟弟站在旁边，流露着不解的神情。云峰也不好意思起来，拿来脸盆舀了半盆水，又拿上肥皂，两个人认真洗一遍。奶奶看着云峰沾着肥皂的手，很得意，说：“洗得白些。”

青青走后，云峰将带回来的食品全数拿出来，摆在八仙桌上，跟奶奶分配：“这个是你的，这个是我的，这个也是你的，这个也是我的……”奶奶全嘴的牙齿已经掉光，饭量也不如从前，她将云峰分配的吃食拢过去，“全都给你”。云峰一时欢喜得说不出，嘴里含着糖，撕开一袋牛奶放到奶奶手里，哼着歌跑去玩了。奶奶在后面说：“糖果子要留着慢慢吃，当心吃坏牙齿。”

## 四

四月下旬，芳菲渐歇，田埂上小小的金色草药花开了一地。麦子已过了拔节抽穗的时节，日日成熟，一望无际的金黄。燕子成群地从麦田飞过，太阳很大，在田里做生活的人分散着，一个两个，拔草，整理菜园，打农药，碰见时打一声招呼各自忙碌。忙到中午回家吃午饭时，端着碗，聚在某个路口的阴凉处，你一嘴我一嘴扯着话，互相逗得哈哈大笑。饭罢也有人铺一张凉席到地上，张罗着打扑克。池塘的水只有一半，风过时皱起细小的圆圆的波痕。光阴恬淡，静静地从麦田里走过，从菜园里走过，从池塘边走过，从做生活的农人肩上走过，从人家的烟囱饭碗间走过。再过几天，青青就要离开家了。

花婶急急来找妈妈，眼睛哭得红肿，拉着妈妈的手说，她母亲去世了。妈妈也被她的伤心带出了泪水，劝慰说：“就要到麦子收割的季节了，你让建华回来吧。”花婶哭得更伤心了：“让他回来，离那么远又不好买票，路上要费多少钱哪。”妈妈竟不知道怎么劝解，只是陪着掉泪。末了，花婶说：“我娘一直不愿意火化，想留个全尸。”

第三天，故去的老人就被穿上寿衣，装进寿材里，妈妈带着青青过去帮忙。天黑后，村子上仅剩的几个身强力壮的男劳力聚集在他们家，花婶从省城赶回来的兄弟主事，细细交代了抬棺出去的路径、老人躺着的方向、每个人用力的位置。青青在人群中看到了穿白衬衫的于老师，他们合力将寿材抬到村西的田里，蹚过泛着熟香的麦田。方方正正的坑事先已挖好，男人们选好方位，将寿材稳稳落进去。那时已近十点，风停了，雨却落下来，大滴大滴，将地面打成一块一块不连续的黑色，继而又大起来。青青撑着伞在洒了点微黄灯光的麦田外面等，这地方本来就安静，如今就只能听见麦田深处的低语，更响的是雨水拍打伞篷的动静。

大雨落下，繁密沉闷。花婶并不敢放声大哭，她忍着悲痛，向前来帮忙的人递烟道谢。空气里湿雾笼罩，潮湿而微温，青青无意间抬头，把伞向身后偏去，却发现道旁的几株槐树结出了槐花。雪色的花朵，并不十分繁茂地缀在树上，使得雨夜里湿的枝干还保有一种萧疏离落的姿态。大雨落在花枝上，迅速地滑落，一两滴，三五滴，八九滴，在她眼前震出恍恍惚惚的声响来。村落里黄色的灯光，从远处透过来，穿过雨声及雾气，照在麦田之间，照出了男人的脚步和女人的抽泣。这是七里八乡的习俗，只有在夜间将故去的人掩埋，才有可能躲过政策上火化的规定。然而，老人入土的第二天，雨更大了，一辆汽车从麦田驶来，停在花婶家门前。过了很久，花婶流着泪将人送出门。她便昏坐在地上，泪如雨下。

槐花继续开着，木槿花也一枝接一枝开败，杏树、梨树都结着蚕豆大小的果实，青青就要离开家了。空气还湿湿的，星星的小雨蒙在空气里。风大起来，于老师家后面的河水皱得厉害，玉兰树叶子拼命响着，不时掉下来几片宽厚肥实的。田里就只有穿着雨衣的奶奶和云峰，他们在菜田里耕种，奶奶带一只小板凳，坐在垄上拔草，云峰跟在后面，用一把小小锄头翻地。雨停前，终于把这一季的菜籽菜秧，勉强种下去了。

青青在疾驰的列车上睡着了，她隐约听到田地里“家公家婆，割麦锄禾”的声音，每次响起，她都在想，是不是还是小时候响在家乡的那一只。

# 草木一秋

一场雨后，秋天就来了。对惯于草原生活的我来说，津城的秋已很漫长，尽管这里的人时常在耳边讲“天津的春秋两季好短啊”。然而，哪里的秋天是长的呢？这时节的南方才是刚刚起了秋意，更北的地方已经开始霜冻。只有这里，还碧云天黄叶地，层林尽染。桂花、木芙蓉、月季都还香着，脆枣、红柿、茅栗子也上市了，草木正繁盛着。

我从这样的秋天回到十月的呼市，清晨走下火车，被汹涌的凉意吓了一跳，赶紧钻进车里，跟人感叹“已经这样冷了呀”，就好像从来没有在此生活过一样。但不久便适应了。家里久未开火，冷锅冷灶，四处落了一层灰，却干净得很。细算起来，我离开已经有八个多月了，走时正在看的书还摊在桌子上，砚台压着书角，字间用铅笔做的标记如前一天刚写上的一样，还在记忆里。网断了，我实在不喜爱看电视，刚到家的心还没有收回来，宅着又无趣，决心出门走走。

街上没有许多树，间隔很远才见一株叶片将枯的梧桐，或花荚凋败的国槐，孤零零地生长在路边。临街几座楼房的外立面正做保温层，近乎黄的橙红色涂料，在阳光下有着浮光耀金的温柔质感。微风，天蓝得匀静。市场上人来人往，老板们各自生意，忙碌如常，我熟识的半价书店、东北菜铺和川味小厨都还在。书店早早开了门，菜铺和小厨一天生意的盛时要晚一些，门户还落着锁。我于是便向书店走去。

进门时，书店的程姓老板，正低头记账。货架边几个穿校服的学生在叽叽喳喳挑复习材料，互相争辩“这个好，这个好”。老板娘抱着一摞书从内间走出来，对立在门口抽烟的男人喊：“都找到了，找到了。”男人将烟扔在地上，用脚轻轻踩灭，走进店接书，说“记在账上吧”，遂转身离开。我立在门边的书架旁，他经过时，飘过很呛的烟草味，这气味是我所熟悉的“大青山”的味道，是内蒙古相对廉价的一种香烟。从前和村里的陈家爷爷一起放牧，他的“大青山”总在右手食指和中指间夹着，点燃的烟头明明灭灭，冒着细长的灰白烟线。那时，我总是装作被呛到了，弯下腰干咳。

程老板缓缓地咳一声：“记账，已经欠了……”话还未完，男人已经走远了。

老板娘走过去问：“他欠多少了？”

“近五百块了。”

“这次又借了几本，有《了不起的盖茨比》《苏格拉底最后的日子》《置身苦难与阳光之间》……喏，这是书单。”

听到《了不起的盖茨比》，我想起书中黛西伤心的话："单独谈我也不能说我从来没爱过汤姆，那不会是真话。"略略走神。这时，老板抬头看到我，有些惊讶："燕子来了啊。好几个月没见你，工作很忙吗？"

"是呀，好几个月了，店里还是这样。"

"带书单了没，我帮你找？"老板娘走过来问。

"菲兹杰拉德的书还有吗？卡莱尔的呢？"

"你也要看，这书刚借走。"

"没多余的吗？"

"都是二〇〇几年剩下的，积压在库里，没有人买的，又借不出去，韩老师说看，我才翻出来。"老板娘拍身上的土，接着说，"折腾了半天，总算找到了，书页都发黄了。"

"哦——，刚才那个人……"我伸手指向他出门离开的方向问。

"他就是韩老师，你看到了，书刚被他抱走了。"老板娘说。

这时，程老板站了起来，拉我到近处，说："韩老师的事，我要跟你说一说。"

"他怎么了？"我问，却并无好奇。

"你不是经常写东西吗？他可是好材料。"程老板眼神坚定。未离开呼市之前，我曾将写出的几篇有关邻居的粗浅文字拿给他修正。他经营这家书店，读过店中半数以上的书，这让我对他信任。小卖铺的老张、修车铺的大刘、诊所的医生，都是我们共同熟识的人，我写出来，他认真对待，每每称好。因而他笃信我对韩老师的故事也会产生兴趣。然而，我或许已经变了，他并不知晓。人终究是会变的。

“韩老师是艺校以前的老师，教画画的，爱好写点诗、拍点照什么的，听说有一次在办公室里画女学生的私照，被当场逮到了，唉，不被理解，学校给辞退了。歇了几个月，估计攒的钱也花完了，老婆天天跟他闹，丈母娘也来了，他只好出来做营生，在路边给人画肖像、设计签名。咱这的人粗犷，哪懂这个呀，他是见天的没有生意，挣不到什么钱，还要提心吊胆躲着城管。”

穿校服的学生选好了书，挨个结过账。书店里忽然寂静下来，外面起了风，吹着白色垃圾在地上打转。老板叹了一口气，又说：“之后，他去跟人开出租车，当夜班司机。他长得斯文，是读书人的性子，文文弱弱的，碰到硬茬，根本要不得钱，还倒贴了不少，好几次被打得脸青鼻肿的，也不似以前精神了，颓废了不少。”

“前年冬天咱们这的雪很大，你还记得吗？”老板瞪大眼睛问我，仿佛要立刻得到肯定。

“记得。”我点头。

“他就是在那年大雪天的夜里交完车回去，看看媳妇不在家，以为回了娘家。待到天亮，打电话给媳妇，关机了，又打给外父，外父说没有见人啊。他四处寻遍，找了好多天，才知道媳妇跟别的男人跑到外地去了。确认了这件事，他既着急又气愤，且有些羞愧，变了个人似的，少言寡语，再不和人多话。天天去一把手（一把手是街上川味小厨的老板，因少了一只手，便得了这样的称呼）店里喝酒，真担心他就此垮掉了。”老板犹豫了一下，感慨，“他那么有才华！”

“他家不在呼市吗？”

“不在，他是牧区考出来的孩子，爹妈还守着牧场和牲口。叫他回去，他又讲究脸面，觉着自己是供出来的大学生，非衣锦还乡不行。”

我反反复复翻手边的诗集，想着方才见到的韩老师，瘦瘦高高的，有蒙古族男子特有的英气，全然未见一蹶不振的倦态。只是抽烟像个“瘾君子”，他刚刚站过的地方，被踩得扭曲的烟蒂，散落一地，有些还微微冒着白烟。老板娘默默倚在门边，拂起袖子擦眼睛。老板竟“哧哧”笑了两声，走到书架旁，一边整理被翻乱的书，一边说：“他倒是经常来借书，第一次到店里来，我可高兴坏了，替他高兴，他有志气。有时候三天不见他来，我们还担心他生病了。”

“他现下在做什么？”

“听说在给杂志社写专栏、画画，勉强养活自己。”

“他欠你这多少钱？”

“怎么，你想替他还？”老板笑着看着我，“我本来也没打算收他借书的钱，现在能看得进书的年轻人，少。”

“程叔人好！”

“你知道，现在外面许多人脑子里、肚子里除了一点既得利益的欢痛，手上是再也翻不动一页书，眼里是再也看不见一片云，心里也就装不下一个梦了。他可不一样，他不光是想衣锦还乡那么简单。”

“你看过他画的画吗？”

“你瞧，”老板指着账台边的相框说，“他画的，像不像？”

“像，我以为是照片呢！”

“上个月他拿来抵账的。我开始也以为是他拿手机偷偷给我拍了照，在哪洗出来的。用手一摸，是画的，用铅笔画的，铅还沾到手指上了。”

“你都配上相框了，很珍视啊。”

“他是一个有理想的年轻人，和你一样，你可不要小瞧他。”

我吃了一惊，“理想”是多么遥远、陌生，却又亲切的两个字啊。我何尝不是“知识改变命运”的人，何尝不明白生活之艰难，何尝不能懂得牧民家孩子要走的是怎么一条路，又哪里敢小瞧一个有理想的“韩老师”呢？

老板终于回过神来，问我：“燕子，你刚才要找什么书啊？”

“书？哦，那本《置身苦难与阳光之间》，还有吗？”

“被他刚刚借走了。”老板娘转回身，眼睛红得厉害，说，“二三天他就还回来，到时我帮你留着。”

“不用了，那本书多少钱？我买下来送给他了。”

我匆忙走出店门，迫不及待要呼吸外面的空气，甚至来不及告别。我说不出话来，能为韩老师做什么呢？我的笔勾勒不出韩老师生活的万分之一，仅这万分之一也将是读者寥寥吧。中午的太阳升得高了，光亮亮的，空气很暖，中年邻居站在存车棚前说话。铁栅栏上牵绊缠绕着牵牛花，花脚处摆着一张旧沙发，是被丢弃又经风沐雨很久的褐黄色沙发，一个瘦小的老人家坐在上面，默不作声，痴痴呆呆的目光与我相视时，我心里一惊。他的脸灰黄灰黄的，是庄稼人经年与土地打交道留下的印记，然而那灰又仿佛不需要任何修饰，自然而然地和他身上的衣服、沙发、尘土融为一体。我慢慢经过，心底起了叹息，为自己仿佛从那灰暗的脸色上，看到他微不足道的残生。我不由自主想起了陈家爷爷。

陈家爷爷是我小时候最喜欢的老人家，他脾气和善，又爱干净。他的眉毛很长，像年画里捧着鲜红大桃子寿星的“寿眉”，也像抗战故事里周总理俊朗的长眉。他只有一个女儿，我喊作秀英姑姑，远嫁到他村去了。我的记忆里，陈家爷爷一直是一个人住在村北的三间土瓦房里。在他身体还很强壮的时候，除了耕种山上的田地，他还承担了乡邻牧羊的活。夏天的傍晚，我们端着饭碗坐在村口吃饭的时候，他正赶羊群回村。羊蹄从土路上踏过荡起的尘土，黄雾一般飞扬，我们只要听到遥遥传来的他挥舞鞭子的声音，就慌忙往家跑，生怕碗里的饭沾着了土，再不能吃。有时，他回来得晚一些，已经过了饭点，还有几个人吃罢了饭在村口聊闲话，他停下来和大家招呼几句，便跟随羊群回村了。他的步子迈得很大，走起路来，像风一样。

我八九岁的时候，也加入了放羊的队伍，每年暑假要和陈家爷爷一起，清早赶羊群进山，傍晚归来。有时路远，我实在不能跟上前进的速度，或是不小心扭伤了脚，陈家爷爷总会弯腰蹲下，说：“来吧，我背你。”他的背真宽，我常常就放心地伏在他背上睡着了，被他一路背到山里，一路又背回村里。那时的他，身强体健，脸色红红的，总有使不尽的力气。

我第一次意识到陈家爷爷老了，是前年冬天。大年三十，我去后山上坟，路过他的三间土房子，进门去看他。正是晌午，天寒地冻太阳却亮堂，陈家爷爷躺在东屋窗下的床上，白白的太阳光照着他的脸。他已经瘦得皮包骨头了，手上夹着一根没有点燃的烟，屋子里乱而且冷，没有生炉火，炕也没有烧，寒气逼人。我见到他，还未说话，两行泪几乎立刻要落下来。我仿佛很自然地拿掉他手上的烟，扶他坐起来，握住他的手。我问他有没有饭吃，有没有水喝，他说村长每天差人送饭过来，又指着桌子上的水杯说“有水”。我拿起杯子，那里面的水分明已结成了硬实的冰疙瘩。不知为什么，放下杯子，我便伏在他的身上失声痛哭。我年轻时康健善良的陈家爷爷啊，这样寒冷漫长的冬天，你是怎样一分一秒熬过的。没有人说话，没有电视看，甚至没有饭吃，没有水喝。他轻轻地拍着我的头，说：“是燕子啊，你回来了，回来了。”他的眼睛不再如年轻时明亮，听到哭声才确信是我回来，于是异常激动，紧紧抓住我的手。

除夕的鞭炮声绵延不绝，烟气弥漫如同大雾。我从四邻借来木柴炭火、米面肉蛋，和陈家爷爷一起生火煮饭，烧了满满一锅热水，帮他洗脸洗脚，清洗无人为他刷洗过的衣服被面，一起怀念漫山遍野放牧的日子，一起迎接新年。我壮着胆子，在大年夜的爆竹声声中燃放了生平第一挂贺岁的鞭炮。秀英姑姑初二回来，他对她说：“去买一瓶敌敌畏来给我吃吧。”敌敌畏是我们乡下用来为庄稼驱虫的农药，这是他在年节上对女儿最后的恳求。我站在阳光下听着我的陈家爷爷近乎绝望的话语，无能为力。他瘦得脱了样，眉毛显得更长了，只是已经全白，手指甲又长又灰。我像小时候一样，用手指轻轻碰一下他的眉毛，说“这样的眉毛是长寿眉呢”，却又不自觉想到他此后要独自面对年老的孤独和生活的艰难，心嗒然而落。在我的心里，他实在还是我小时候那个健壮俊朗、说话大声、浑身有力气的爷爷啊。

离开时，他不舍得放开我的手，哀伤地说：“燕子，别走啊，燕子，你到城里可怎么办好？”在他心里，我或许还是少年的模样吧，因而对远行挂念着，怕被欺负，怕被骗，怕被伤害。这些年，我们对彼此仍有着朴素的依赖和牵念。那年秋尽，他于病中辞世。工作的缘故，我没能回去参加他的葬礼，晚上下班去花店定做花圈，悄悄念着“慈竹当风空有影，晚萱经雨似留芳”的挽联，我仿佛看到他站在高高的石头上点燃一支“大青山”，绿色的草地上，羊群在低着头啃草。蓝天高远，白云悠悠，时光在慢慢流淌。我下学经过，他远远地看到，放大声音喊：“燕子啊，燕子回来了？”

然而，光阴流转，内蒙古高原又一年秋尽，还有谁会在乎底层一个有理想年轻人的“中国梦”呢？又有谁会在意一个孤苦老人最后的生命是怎样潦草结束的呢？我怎会不明白奋斗之路总免不了孤独，怎会不懂得生老病死是人之常情，只是这过程凄凉，不免仍教人哀苦。可是我身边的你们啊，我深爱着的人们，我们彼此只能在心里默默地祝福着对方，越来越好，越来越好！

有大风吹过，柳树成片的黄叶子在不远处涌起。北方的树，春生秋零，一岁一荣枯，有着清晰的年轮。它们的叶子总是一边黄一边落，待到冬至，西北风接连呼啸几个长夜，叶子凋零干净，树的身量、轮廓、姿态便干干净净地裸露在大地上，向着天空伸展。吴承恩在《西游记》里说“人生一世，草木一秋”，我想这是很有情的话罢，人生一世长如客，何必今朝是别离。

绿色的草地上，羊群在低着头啃草。蓝天高远，白云悠悠，时光在慢慢流淌。

——《草木一秋》

# 蛙声一片

草原的夏天总是很短暂，一场大雨后，空气中便弥漫着薄薄的秋意，风向由南转北，暑热不再。中元节不早不晚恰赶在周末，我一大早便驱车寻向老家的路途，大青山湿漉漉地卧在草色青青的道旁，像一处旧房舍，久无人居布满尘埃，又像一个老人家，蹲在石头边守着羊群。

村落仍是旧时的样子，碎石子铺就的乡道，坑洼斑驳，青檐淡瓦间炊烟袅袅，与我当初离乡远行时相似，一些孩子和几只狗站在路边张望，眼神清澈。我将车泊在村子的后山边，捧着白菊去看姥姥。站在半山腰举目四望，山野和村落在薄而淡的雾气里，素静疏落，恰似一幅沙画，并非清晰端然的勾勒，却有一种缱绻模糊的亲切，读着舒坦，是难有的宁静。

下山回家，心中略略忐忑，对舅父舅母的感情，还是小有生疏。轻扣门环，先是豢养的小狗警觉的吠声，后是舅母一边询问门外人是谁一边开门的动静。老家的房屋已十分地旧，清晨刚去的大雨，已将房门檐上的泥土冲成泥石流的模样。闲叙家常，我们谈及房屋修缮的事情，舅父说这边很长时间不住人，少了生机，老屋就更显陈旧了。他和舅母年后已在县城买了房，开了家书店，当是营生。

房子拉近了我和亲人之间的距离。房价成了最炙热的话题，是大家最关注的焦点，谈起买房大家似乎都有道不尽的辛酸要向人倾诉。房产商们正在交头接耳让出一点利润，以博取政策约束的松动，社会学家们在担忧高房价变成磨灭青年理想的怪兽，经济学家们在感叹含金量最低的房地产投资竟然超过了实业的投资，家有适婚儿女的父母们则在抱怨真是一个艰难的世事，奋斗了一辈子没成为富翁，却还要拼上老命为孩子付首付。连诗人海子都说，“从明天起，做一个幸福的人。喂马，劈柴，周游世界。从明天起，关心粮食和蔬菜。我有一所房子，面朝大海，春暖花开”。海子也把做幸福的人和房子绑在一起。

邻家奶奶听说我回来，拄着拐杖，蹒跚寻来，她是姥姥生前的好友，见到我便老泪纵横。她从怀里取出一张泛黄的老照片给我：背景是斑驳暗灰的墙坯，苍绿而稀疏的藤蔓蜿蜒攀附在上面，两个老人并肩坐着，沉静浅笑，阳光柔和地映衬在她们脸上，并无琐俗，那是风月微澜里洁净美好的驿路梨花，时光中定格的情谊。我认真地看过，本想平静地归还给老人家，却因睹物思人，惹出了眼泪。

昨日之日，恰似东流之水，再不可寻。画里画外，最让人怀念的是今时与他年的物是人非。家乡还是多年前的模样，可光阴却以覆水的姿势，于顷刻间沧海桑田，原来的一切都在我们不经意之间，打马而过，我们能把握的，只有当下。

路过村口的老井，几句诗便从心里冒了出来：在当年吃水的井边，松长线放下铁水桶，打上来的水里，漂着杂草和几只幼蛙。那时候，我和小伙伴放羊归来，拿铁水桶打水喝，有时会有小小的、青色的幼蛙一同出现在铁桶里，气鼓鼓地沿水边向上跳，小伙伴争相抢夺。那时候，夕阳西下，满天的彩霞像一个美丽的梦，不知是谁，在众人的嬉闹中，学了一声清脆的蛙叫。这不经意的一声蛙叫，恰似心底明亮抑或黯然的世界，是我层层叠叠包裹与小心藏匿的花香和鸟语。

多年之后，这声蛙叫，点在羁旅之人的心里，还荡漾着片片涟漪。

# 玉米熟了

许久没有生火煮饭，连喜欢的玉米也很少吃，只是偶尔能在单位食堂尝到玉米面窝窝或玉米楂粥，吃起来却又不是记忆里的味道，于是想念更加深重了。

前日日暮，在宿舍附近的丁家桥菜场外，见到卖玉米的农人。剥开的玉米穗子白嫩地躺在平板车上，拉车的毛驴在低头啃食路边的野草，农人默不作声，站在车旁，羞赧地望着来来往往的行人。像我这种从庄稼地里走出来的孩子，对土地和作物有异常的欢喜，便移步过去，问他："是在卖玉米吗？"他咧开嘴，笑着说："是，小姐姐你尝尝，鲜着哩。"我在心里想，眼下这时节，不是离玉米上市还有半月余时间吗？怎么这早就拉出来卖呢？他似明白我的疑虑，解释说："提前种的，早收。"他的朴实真诚，跟老家的叔伯一样，于我格外亲切。我要了几条剥开的玉米穗，替他担心这些已经剥开的苞谷卖不出去，在空气里氧化变老，就不好卖了，辜负了他进城的心意。他又懂得，重复着说："谢谢小姐姐，谢谢小姐姐。"

路灯已经亮起，天蓝得匀静，月亮娟秀得如女人的眉毛一般，淡淡地掩在白蜡树后面。切玉米的时候，玉米粒在案板上浸出奶白的浆水，我就忍不住伸手拈起来吃，生玉米的清甜让我想起王小妮《方圆四十里》描写的一个人偷玉米的情景：

"偷玉米的人在天边露出一丝曙亮的时候出现，从大地里斜插进了杆子家的玉米地，手上拖的破麻袋已经装了两只小南瓜和十几条玉米棒子。他在很弱的天光里定了一会儿神，清脆地掰下白玉米棒子，整个锦绣都能听到清晨里的响声。偷玉米的人嚼着一颗鲜玉米粒，水分和甜淀粉融在一起的香气久聚不散。"

生玉米的香气原来这样甜啊！我终于明白偷玉米的人的滋味了。于是留出半条玉米，很珍惜地掰着生吃了。锅子里煮玉米的香气，渐渐弥漫起来，扑扑填满整个房间。

少时故乡的盛夏，晌午过后，我常常背着药箱，钻进比人还要高的玉米田里喷药。日将落前，再从田里钻出来，走到村道上去。夕照投射在大地上，空气凉下来，路边杨树高枝上知了缓缓地叫着，蜻蜓低低飞过，姑娘们收工了，青草帽上落满了玉米淡黄色的花粉，小路上总会躺着几只不小心吃了农药的家雀，男人骑着自行车载着他的女人回家，车铃叮铃铃响过一路，村庄里已经炊烟袅袅了。就这样，遍山漫野的玉米，闻着夏天的气味，听着夏天的声音，经历着汹涌的阳光和温度，渐渐成熟。

我所爱的，也是玉米穗里散发的夏天的味道。现在城市里比玉米好吃的东西也多了，玉米已然变成了粗粮，可对于吃着它长大的人来说，这味道，已经胜却万千美味了。

# 陌上花开

到天津之后，随处可见花草，公园里自不必提，车道旁、小河边，连人家窗前的空地上都生机一片。好像自春临之后，花从来没有开败过。从乍暖还寒时盛开的迎春、丁香、连翘、桃、梨、鸢尾、海棠、樱，到春色满园时的蜀葵、蔷薇、芍药、杜鹃、虞美人，及至半夏，新桃上市，栀子、扶桑、合欢、石榴、木槿都繁花似锦，连南开大学的新荷也待放了。这在故乡是难以见到的。僻乡干旱，春来得晚，秋又去得早，数冬日最长，缺少好花好木生长的自然条件。坂间村头惯见的一些野花和草木，能叫出名字的都是和“吃”“用”相关的，槐花、牵牛、凤仙、美人蕉、桂、菊、腊梅，寥寥几种。然而却深刻地留在记忆里，看到别处花开，总会自然而然地想起它们来。

和花连在一起的，还有陌上长长的光阴和光阴里深爱着的人们。

大概是因为地方小，且读书的学校较少的缘故，能认识的老师和同学并不多，多是同村或邻近村子里的人。那时我还不曾想过读大学，村子里的学生多数念完初中，就收拾行李回家了，开始作为农人的生活（我们村里称之为“务农”），农忙时耕种，农闲时打工，然后循着前人足迹，走完一生，女学生尤其如此。我则因为姥姥的缘故，课外时间看了许多“野”书，便高出了“进城”的心气。姥姥常说“知识改变命运”，这话现在听来真是土啊，然而在年少时的我心里，它却是一股子力量，逼着我去追求知识，试着脱离一成不变的足迹，走一条好一点的路。也因而，我在老师和同学们眼里，多少会有一些不同，坏一点的男同学都叫我“野丫头”。嗯，那时候，我最大的野心就是能够去首府，留在美丽的青城。这梦想在彼时是没有着落的，如花木一样，缺少生长的条件。

读小学四年级时，学校开始安排我们写周记。开始的两周，语文老师布置了“我的爸爸”“我的妈妈”之类的题目，由于生活欠缺，我对爸妈这样的词格外敏感，因而作文本上并没写只字片语便交了上去。周记发下来那天，正好是星期五，放学后，语文老师把我叫到办公室，她没有责怪，而是拿了一本《小学生作文大全》送给我，说：“老师没有注意到你的感受，老师错了。”我低着头，默不作声。这时，她读初中的女儿周末回来了，一个很好看的女孩子，白白的脸庞，圆圆的眼睛，说话声音清脆，进门便说“妈，我回来了”。看到我站在屋内，她放下书包，就又走了出去，停在窗户下的花坛边。她的身旁有一株美人蕉，夕阳下碧意沉沉，正吐着红色的花苞。我拿着书从她身旁经过时，她看到书名，笑着说，“这书是小时候妈妈买给我的，第一页还写着我的名字呢”，我不好意思地翻到第一页，果然看到两个字“爱莲”，我说：“这是你的名字吗？真好听！”从那天起，我喜欢上了语文课，《小学生作文大全》使我对文学发生了最初的兴趣。

那年刘老师已有三十多岁，身体微微发福，眉眼间笑吟吟的，正是脾气和蔼的人应有的模样，很受同学们欢迎。后来的周记诸如“难忘的事”“我的梦想”“我最喜欢的人”一类的命题，我都认真地完成，表达着单薄而又执着的梦想。刘老师究竟是怎样教导我们辨音识字、组词造句的，我已经不记得了，唯一记得的，是她用红笔批在我周记后面的评语：“写得好！”“很好！”“继续努力！”多是勉励的话。

刘老师的家在我们隔壁的村子里，相隔三里多路。我读初中之后，去镇子上读书，都要从她家房前经过。堂屋是村里人家都有的那种红砖瓦房，院子里栽种着槐树和沙果树。她的女儿爱莲已经初中毕业，去了首府打工，听说是在大百货商场卖衣服。上学路过，有时遇到刘老师，便就此站住，立在大门边，恭恭敬敬地说上几句话又匆匆离去。初中三年级的寒假，我和姥姥到镇子上采办年货，正好和她遇上，她招呼我们进屋，抓了一把夹心糖果给我，我自然是不敢接的。她又说“这是爱莲从呼市带回来，特意留给你的”，我心里一凛，便伸手接了回来，紧紧握在手心里，生怕一个不小心，它们掉到地上摔坏了，白白辜负了这份情谊。初中毕业之后，我也无例外地在家空闲了一段时间，为要不要再上学而忧苦。

有一天，邻居家上小学的小女孩跑过来告诉我，她在刘老师办公桌上看到了我的作文本。这件事让我十分感激，我下定决心再去读书，寻找我周记里曾写的那个梦想。后来，我如愿考上大学，取通知书那天，细雨绵绵。路过刘老师的旧屋，看到院门紧闭，门前道旁丛生着杂草，青碧连绵，久无人居的样子。野生的牵牛花缠绕在门廊和低矮的院墙上，盛开着水蓝色的花，这蓝淡淡的，真使人心里难过。庭院寂寂，她家房前的一株果子树挂满了沙果，在雨雾里低垂着头，楚楚含着水气。“刘老师很久没有回来了吧，连果子成熟都没有摘。”

工作之后，我曾去我的小学校寻过她一回。那是春光将尽时，她办公室前面的美人蕉还在，仍瘦伶伶立在窗边，并没有长高长大，大概是年年秋天连根剪断，年年春天又新发枝叶的缘故吧。因为是周末，办公室的门都锁着，没有遇着一个老师。一间教室的门敞开着，我走进去，几个小学生在做卫生，凳子四脚朝天放在桌子上，教室里尘土飞扬。教室前后黑板上方的白墙壁上书写着红色大字，前面是“为中华崛起而读书”，后面是“好好学习　天天向上”，连字迹都和我上学时一模一样，加粗的黑体字。在长大的我看来，这两句话格外醒目，然而念书的时候，我们是并不在意这些的。讲台上的讲桌、放粉笔的盒子、泛白的黑板擦都无一例外地保持着旧时姿态，以前放学后，我总是拿粉笔在黑板上乱画，有时画个小人，有时画朵小花，有时恶作剧般写一个讨厌的人的名字，然后再拿黑板擦擦掉，粉笔屑飞起来，常常落得满头满脸，还迷了眼睛。我问：

“你们这有个刘老师吗？”

“哪个刘老师？”一个学生问。

“男的女的？”另一个学生问。

“女的，刘秀丽老师。”我说。

“没有。”他们互相看看，一致地摇着头。

我小心地在校园里走了一遍，依旧一无所获。值日的小学生们准备回家了，见到我，说：“去问问看门的吧，他知道。”他们把我带到大门的平房前，一个老人家走出来倒水。我认出他是学校从前敲钟的老师，却忘记了他姓什么，只好囫囵地称一声“老师”。他竟叫出了我的名字，这使我不免有些惭愧。走进屋，看到他的小孙女在拿凤仙花染指甲，笨拙的样子，我坐过去，帮她用豌豆的叶子将花汁花瓣裹在指甲上，拿红丝线系牢，她乐得咯咯地笑，一边说“系紧一点，晚上睡觉才不会掉”。老师说刘老师几年前去了女儿家，不再教书了。我还想问他不教书能够做什么呢，却又不好细问，私下想着爱莲应该也在呼市安家了，不一定哪天就能遇着。他留我吃晚饭，我明白这虽是乡邻间的客气，却也觉得感激。婉谢告辞，从学校大门走出来时，远山上已升起半片薄薄的月亮。

还有一位田老师，我读初中的时候，他教授我地理。那时他已六十多岁了，个子不高，瘦瘦的，脾气温和有节，经常穿着藏蓝色的中山装外套，戴一顶和衣服颜色相近的帽子。他总是拿着地球仪，站在讲台上，告诉我们纬度、经度、本初子午线、回归线、五带、天气和气候，老学究一样，一板一眼。

课后，常有男同学跑到讲台上，学着他的样子，先是咳一声，再用一种老年人的怪声调重复他上课的内容，惹得大家大笑不止。我对地理的兴致大抵也是受田老师的影响，我喜欢看他转动蓝色的地球仪，从一个国家转到另一个国家，从一个洲转到另一个洲，从陆地转到海洋。由于历史因素，小时候的我们，记得最清楚的两个国家就是中国和日本，在地球仪上，可以清楚看到中国的形状和日本的形状，然后会在心里感慨："原来中国这么大，日本这么小啊！"于是，在电视上看到抗日片里日本人嚣张的剧情，就气愤异常。有一次，一个男同学"恨"屋及乌，偷偷在田老师地球仪的"日本"上刺了一个很大的洞。田老师并没有责备我们，他只是在黑板上写了一段当时的我们不能透彻明白的话：

天地苍苍，乾坤茫茫。中华少年，顶天立地当自强。

他要求我们抄在地理课本首页的留白处，并要求我们背诵，后来我才知道这是梁启超的《少年中国说》中的。当时我们在课上读着"少年强则国强"这样的话，语句铿锵，心底油然生起的情愫，是难以言表的。也是从那一刻起，我们都觉得田老师的"老学究"变得可亲可敬了。

寒冬的夜里，我站在乡间的院落里看天空中的月亮，它有时细如银钩，有时圆如玉盘。为这月亮所吸引，又可以看到中天的星子，密密布在天幕上，熠熠有光，在清冷的冬夜里令人动情。我问田老师："星星和月亮都是用什么做的？怎么能发出这样的光呢？"他并没有笑我的问题稚气，却告诉我这月光和星光是跋涉了几十万年才传到地球上，为我们的眼睛所承接，时间和空间的辽远使人敬畏。因而怀着敬畏的心，我从田老师那里读到许多有关宇宙星空、自然地理和人文地理的书，第一次明白知识的广袤和无边界。

准备考大学的那个春天，我住在同学家里，白天去上课，晚上回住的地方做题。有一回田老师来县城办事，我骑车路过十字街口，正好遇见。他说要去新华书店，因为同路，我们便一起走了几百米，然后和我说再见。好像他就在这个县城里教书一样，我们碰见是再寻常不过的事情。那天下午，我再经过书店时，他却还站在那里，手里拎着一盒薰鸡。看到我，他便将薰鸡搁到我的车筐里，说："这家店的薰鸡很有名，你一定不知道吧。"我们又相跟着走了几百米路，分别的时候，他忽然说"你要注意营养啊，太瘦了"。那时我竟不知这是我最后一次见他。

我入大学后，便没再和田老师联系，直到有一天，忽然听说他得了重病。那是2007年初冬，他才不过七十岁，我小心翼翼地给初中语文老师去信问询消息，心里希望是好结果，很快便得到回复，说已经住院了。我想写信给他，却又不知从何处写起，又怕信寄过去他收不到，只好搁置下来。不久，便在初中同学的QQ群里看到他去世的消息，我惶然无措，不知该向谁去证实。四处打探，终于问到他孙女的电话，回复：“爷爷田玉祥已于11月1日晚离世。”我收拾了东西便赶去车站买票，天气阴沉沉的，北风呼啸，零零飘着雪花，烟灰色的云沉沉地浮在大青山上，使人心底生起悲凉。

第二天清早辗转到他的墓地，天色尚早，雪后初霁的天空里仿佛有青冥之色。墓是传统的蒙古包的样子，立着石碑，四周插着白纸幡，风起时，纸幡在雪野里翩然飘摇。我轻轻从纸幡上摘起一朵小白花，别在衣襟上。抬起头，看到蓝天上一大片云正远远地飘过来，衬托着北国风光的轮廓。“云很美啊！”我这样念着，仿佛和初中时代一样，老师正在讲台上讲云变成雨雪的过程，这时，教室窗外飘来一大片云，同学们都侧着头偷偷地看，我和同桌也交头接耳地感叹“云很美啊”。只是恍惚，命运真切到让人不可捉摸，像武侠小说的结尾，关键人物消失了，一切都寂静地沉默到了尘土里。也应了陶潜《挽歌》里所抒的“死去何所道，托体同山阿”，这该是老师最好的结局吧。只是我再也不能看到敬爱的他站在讲台上转动地球仪，再也不能在仰望星空之后问他一堆不着边际的问题，再也不能在某个街角寻常地与他相遇，再也不能……终于鼻子一酸，巨大的孤独感于杳渺中猝不及防地降临。

有次自天津回乡，初春时节，清晨火车驰过大同，便到了内蒙古境内，我看着窗外漠漠的山脊、零散生长的胡杨树、摩托车驰过村道荡起的滚滚尘土以及三三两两散落在阡陌间耕种的乡邻，春草复青，初升的太阳将山野树木的形状拉长投射在大地上，空旷极了。山隅处几株花开的槐树下，一群孩子正提着篮子，举着竹竿打槐花，他们心里馋的无非是餐桌上飘着清香的槐花饼子罢了。陌上的人，谁的小时候不是这样度过的呢？盼着花开，盼着吃，盼着长大。而这长长短短期盼的，便正是人世间不能割舍的恩情所在吧。

是啊，陌上的花，又在开了。

和花连在一起的，
还有陌上长长的光阴和
光阴里深爱着的人们。
——《陌上花开》

# 小村诊所

## 小地方

地方是一个小地方，一条南北延展的乡村公路，将沈庄村隔在古庙村的东边，溪流顺着路的方向延伸，溪水已干涸，畦地里生长着大片的芦苇。公路两侧密密并着两排杨树，秋天的风吹过，杨树叶哗啦啦落在路面上，形成辽远广阔的景色。几个女孩从路上走过去，脸颊上有着乡下姑娘素淡平静的好看。太阳西斜，三五个村民拿着大扫帚刷刷地掠过地面，叶子聚成一堆两堆小山形状，铺在路边，七八点钟天色近黑，他们将树叶装进大麻袋里，背回自家的草垛。许多人家在场地或菜园地边辟出一小块地方，安放农作物的秸秆和成捆的树枝树叶，堆得高高的形成草垛，寒冷季节，每天背回家一些，一部分当作牲口的食粮，另一部分生起炊烟，引火做饭。

青青就在这样小且安静的村子里成长，她喜欢焚烧树叶的味道，有甘淳清冽的淡香，也不呛人，她下学回到家里，主动坐在灶台前，一把一把往灶膛里填干树叶，有时候故意填得厚厚的，也不拉风箱，闷生白白的烟出来。

读中学的时候，古庙村重新分了田地，青青家的几亩农田挨着公路。上学下学，都能从田地边经过，那几年，妈妈身体不好，又怀了弟弟，向小学校请了假，和爸爸去了南方城市里生活，青青跟着爷爷奶奶留在家里。奶奶患有哮喘，她常和奶奶一起，在一天将要结束的时候，横穿过公路去沈庄诊所看诊。沈海亮是乡村诊所的主人，村子里的人喊他“先生”，当是尊称，年长一点的老人，会直接喊他的名字“海亮”。四邻里，谁家有个头痛发热，都会说去海亮家看看，一时间，“海亮家”成了诊所的代名词。

沈先生的医术实在令人敬佩，他懂药又懂医，1981年的时候，从外面习得医术回来，开办了这间诊所。

青青从记事起，每次生病，都会被带到这里来。她是极不情愿的，和别的小孩一样，极力反抗，大哭大闹。然而，挨过痛针、吃过苦药之后，病便好了。小孩子并不记仇，病好之后，也常伙同小伙伴猫在诊所外面，偷看不愿扎针哭闹的小朋友，捂着嘴乐，眼睛笑眯成一条线，互相逞强说“我打针才不哭哩”“我吃药才不怕苦哩”，然后又相互揭短，说“我都看到你哭得比他还凶”“那你喝完药不也吃糖块了吗”。各自被说中短处，开始不讲情面地争斗起来，吵累了，互不理睬，远远地相跟着各自回家。

在乡间，小孩子们不论如何争吵，如何大声对话，都是平常。他们过着乡下孩子简朴的生活，吃饭时手里端个碗跑小半个村子。要是谁家里来了客人，几个孩子会聚在院子里，好奇地看。也跟着大人去河边淘洗衣服，忧郁地在小田地间做农活。青青却更调皮一些，她在学校里做值日，要踩凳子站到桌子上，拿扫帚当麦克风，大声地唱歌。不小心摔到地上，磕破了头，送去海亮家包扎，先生拿着剪刀剃去她额前的头发，包上白白的纱布。青青回到家，在镜子里看到半个光头的丑样，生气极了，又折回去，让先生把全部的头发剃掉。那时青青束着长长的马尾辫，医士和看诊的病人感到吃惊，近于目瞪口呆。沈先生了解小女孩爱美的心思，他拿出自家小女儿漂亮的帽子，戴在青青头上。帽子是粉红色的，带有白色透明的蕾丝花边，青青想象着帽子戴在自己头上，小公主的样子，很喜欢，跳着回家了。

## 陈老生

奶奶看诊输液，青青坐在门边的凳子上，观察各样患病的人。在问诊室里、内间的病房里、院子的树下坐着一堆一堆乱糟糟的人。沈先生家的助手并不穿白大褂，混在病人之间，难以辨认。农民的衣服几乎都差不多，不鲜艳喜庆，一律如泥土或树皮一样灰蒙蒙的颜色，很长一段时间，青青靠辨认医士和病人等待奶奶。几日之后，青青能从人群里一眼认出医士来，她在回家的路上，得意地跟奶奶说，那些医士的衣服比病人的衣服整齐干净。奶奶却说，诊所里就五个医士，一天是能厮混熟的，不用辨认。

次日，青青在人群中发现了北村的陈老生，他每年秋天都会到村子里炸爆米花，站在村口吆喝“爆米花喽”，声音洪亮，能穿过整个村庄。听到动静，大人们都知道是陈老生来了，青青也因此记住了他的名字。他挤坐在人堆里，是病人里衣服穿得最为破旧的一个，深土色的褂子，抹布一样缠在腰腹处，裤子也从裤角卷皱到腿弯，露出土地一般色彩的腿。生病中的人，一般不惹人注目，除了肤色的深浅和眉眼间依稀可辨的表情之外，很难分辨谁是吃公粮的公职人员，谁是耕种土地的劳作者。病人有许多相似的特征——眼神空泛、表情痛苦、脸色异常、动作缓慢，一副苦难的模样。男人多数在抽烟，闷闷吸上一口，很久才吐出烟雾，以此来掩饰难以言表的苦衷。这间诊所把许多未曾离开过穷乡僻壤的人召唤了出来，聚在一起，陈老生是其中之一，他流露着无奈的神情，双眼像落满枯叶的湖水一般全无生气。他总像是喝醉了酒的猫，东移几步西走几步，晕头转向的，不知所措。青青很难想象出那个熟练地坐在机器前面，拉着风箱，镇定地转着装有玉米的容器的汉子，和眼前的他是同一个人。他迟钝的模样和天真的表情奇特地组合在一起，成为众人的笑料。

听到有趣的事，或某人大声说话，陈老生会马上被吸引过去，并咧开嘴，嘿嘿笑着，露出真诚的笑脸。他也会漫无边际地插上几句话，并不期望得到别人的回答，好像能说上话，他就心满意足了，脸上出现更加热烈的笑容，久久不会散去。总有小孩对着他的笑脸，天真地叫“傻子傻子”，他听到后，笑容僵在脸上，很是悲楚。青青见到他那样的笑，心生怜悯，不忍再看。

陈老生是老单身，老生是乡亲们送给他的名字，奶奶说他的名字应该叫陈大山，然而，这样好的名字，只留在表示他身份的证件上，旁人再未“大山”这样地称呼过他。他家境悲苦超过常人，住所异常简陋，又有着农人安于本分的秉性，不求上进。久而久之生出了孤独的相貌特征，孤独的人能忍得住寂寞，却最怕孤单，所以他喜欢往热闹的地方凑，听到别人说话，也觉得自己是人群中的一个。有时也常讲起年轻时去外省见过的世面，北大荒能干又和他相好女人的故事，他一遍一遍啰里啰唆重复，那个叫罗素英的女人，和小伙子时期的他有着相同的志趣，共同经历了北大荒的风花雪月，每次情节虽略有变化，最后却都回到他光荣的爱恋上。

青青觉得那是他最初喜欢的女人吧，这一辈子，他或许也就只喜欢过这一个他认为极好的女人。然而，他只活在“年轻时候”的美好里，现世他并没有更多可以讲与人听的事，他愿意将他从前的美好分享出去，人们却并不爱听，对他的故事将信将疑，说他是“祥林嫂”，常调侃他说“去北大荒把罗素英接过来吧”。他嘿嘿笑着，走向一边。另一边也有人打趣：“你看，那不是罗素英来了吗？”打趣的人，手指和视线都投到公路的方向，他以为真有此事，转过身，望了许久，终于还是失望地回过脸，对说话的人说“你骗人”。许多人哈哈大笑，这算是诊所最不像诊所的时候了，更像是戏园子。

## 桂花男人

诊所里的病人完全把与病痛抗衡的希望寄托在医生身上，医生要求做各种动作，病人一一照着执行，青青在躺着的病人里观察到一个中年汉子。病人们来来去去，只有这个被称作桂花男人的汉子，每天都在，他天黑时过来，两个小时后离开。他患有严重的腰疼病，躺在蓝布面的病床上做针灸。黯淡的日光灯下，银针泛着冷光，青青看着沈先生在汉子的腰周布满密密的针，感觉到难过，将目光投向了窗外。窗台边空空荡荡，昔年的一棵大槐树已不复存在，只留下一个矮树桩，稳稳地坐在地面上，旁边放了几把更矮的凳子，已然被当作了茶桌这样实用的物什。桂花男人已完成了针灸，正托着弯曲的腰椎，艰难地从青青眼前走过，又从墙角边缓慢消失。

次日，病房里来了一个威严的老人，满头白发，闭目枯坐着，输液瓶里气泡缓慢地跳动，医士说他输液过敏，各种液体都要放得慢一些。内间的病房里出现了难得的安静，人们不愿与这样不苟言谈的人做伴，桂花男人迈着沉重的步伐来的时候，老人的液体刚输下去一半。桂花男人在旁边的病床上躺下，木板床发出咯吱咯吱的响动，他睁开眼，狠狠地望过去，但他的眼神是无力的。病已经磨去他与生活周旋的锐气，他走遍了大江南北，去过许多赫赫有名的医院，花了成千上万的钱，荡尽厚实家财也未见疗效，他回到家里，认命了。桂花男人并不理会他的态度，针灸到痛处，仍旧哎哟哎哟地呻吟着村庄的方言。

针灸数日，桂花男人的腰痛并不见好，常直不起腰走路。他和爸爸相仿的年岁，却遭受着这样的疼痛。青青问奶奶："他的病是累的吗？"奶奶说："喝酒总归对病情没有好处。"疾病虽未将他拖垮，却给他的生活带了巨大的障碍，家事、农活、孩子的前途都需要他挺直腰杆去操持，然而，他又贪杯，见酒便不能快行一步。先生也曾嘱咐他不能喝酒，否则疗效全无，他竟不听，常喝到大醉。他把能喝酒当成莫大的荣幸，尤其是在场面上拼杀，他又是不服输的性子。他的媳妇是个哑女人，叫桂花，来接他的时候，尽力气搀扶，青青看到他的一半体重倚在她身上，使得她的步子格外沉重，他却并不知女人的难处，吵吵着要走得快一些。

"先生，他的病还能好吗？"青青忍不住问了一句。

病人们也一句接一句地说："是呀，还能好吗？"

"他这样，真苦了哑巴媳妇。"

沈先生说："他戒不掉酒，病也很难有起色。"

"他是东村的，家里有磨豆腐的小作坊。"

"听说他儿子要当兵，他又请人吃喝，走通关系。"

"每天骑着三轮车送货，颠得他直不起腰来。"

青青认真听着，听到奶奶说："世风如此，少不得花钱找路子，为了钱，他这腰椎再难直起来了。"

人们的话还在继续，关于桂花男人的话题，带出了所有人对贫困和疾病的叹息。青青抬起眼，看到将落的弦月，细如银钩，颜色仿如元宵夜时挑起的纸灯笼。天空广袤辽阔，弦月却似有很大的寂寞，轻轻落在天边。

# 黄奶奶

青青无端想起黄奶奶。小孩子时，妈妈在周末去师范学校进修，她被寄托在黄奶奶家。黄奶奶家门旁，贴着绿色的方方正正的铁皮牌子，上面写着“五保户”三个字，五保户是政府对无儿无女老人的关怀，铁皮牌子算是认证。

黄奶奶大病的那晚，正值寒冬，大雪纷飞。妈妈安排青青将晚饭送去黄奶奶家，平日里青青只要从后墙的梯子翻出去，便能看到黄奶奶家的瓦房。这几日，气温降得厉害，妈妈说，不要再爬梯了，小心滑倒。青青便将饭抱在棉衣里，撑伞经过院门，绕过小半个村子，拐到风口，看到黄奶奶家飘出的灯光，加快了脚步。她顶着风雪，小跑过去，灶里的炭火已经熄灭了，四壁冒着冷气，黄奶奶躺在床上，盖着厚厚的被子，一言不发。青青放下饭盒，坐在灶前一边生火，一边喊着吃饭了。炭火旺起来，黄奶奶仍旧安睡着，青青伸手摸到黄奶奶滚烫的额头，慌了神，跑去自家的院墙后面，喊“妈妈，妈妈……”，声音刚传出去就被呼呼的北风淹没了。

她急得掉眼泪，扒开雪，爬到院墙上，又不小心踩空梯子摔下来，像是忘了痛，从地上爬起来奔进家里，泣不成声地说，黄奶奶生病了。妈妈正在灯下备课，顾不得穿棉衣，从后墙的梯子翻出去，青青跟在后面，跑着哭着，吸到凉风，又呛呛地咳嗽，雪地上留下几串不规则的脚印。妈妈安排青青去沈庄诊所请先生，青青跑出去，又跌跌撞撞往诊所赶。村里的狗听到动静，激动地叫着，高低起伏，人们也从房间里出来，打听发生了什么。

诊所里有人在看诊，有人在输液，有人在相互聊着病痛。青青像个小雪人一样出现在众人视线里，引起极大的好奇。她跑到先生旁边，哇哇哭得厉害，正在看诊的病人知道发生了更为紧急的事，让到一旁，先生收拾好药箱，和青青一起冲进茫茫雪野。

妈妈已经烧开热水，烫好的热毛巾捂在黄奶奶额头上。几个邻居拿来一床被子、一筐木炭、一些米面油盐，表情凝重地站在灯下。黄奶奶是孤寡老人，且无子嗣，已病了很久，但她忍耐着，和许多乡下老人一样，对病痛隐忍并对看病有天生的畏惧，长年累积，病情发作时，痛苦万分。黄奶奶隐忍了大半年的光景，寒冬腊月来临，北风把她的房子都吹透了，墙角堆积的炭柴已经不多，黄奶奶不舍得再用，余下的部分留待更冷的天里烧起来取暖。她忍着冻，一个人在房里扛了几日，终于还是受了寒气，加重了病情。

黄奶奶信奉佛，她的枕边摆着一串珠子，散发着松香古老的味道，大概是她常年抚摸，珠身显出不同于常的明亮光泽。以前她也不信，偶尔听人说起佛祖庙会，也听不进心里去。她患病多年，投医并不能减轻痛苦，才跪在佛前，从很远的集市上请回一尊神像，日日供奉。她并不求官求财，只期愿求得康健体魄，平安终老。黄奶奶说自己有罪，因而该受到佛祖的惩罚，人不能左右命运，不能阻挡日出，不能使老年还童，一切都是上天的旨意。黄奶奶常向青青讲起佛祖受苦受难的故事（多数都是听来的），青青能看到她脸上的悲伤和布满疲惫的皱纹，在信仰时变得高尚起来，还带有安然的笑意。

乡间有一些怀着信仰的“修行者”，一般都经历过或正在经历着苦难，他们并没有高深的文化，对宗教的理解也带有物质性和主观色彩，信仰中不免掺和许多中国特色的迷信，生出超乎寻常的虔诚。待时间长久，磨难更多的时候，又免不了内心动摇起来，许多人因而又回到世俗的老路，一边承受着命运的打击，一边寻求着解脱之路。黄奶奶却不同于旁人，她坚定着信念，敬畏一切与佛有关的事物。她相信转世论，她在庙会上找相士算过命，前半生经受的苦难流离，被一语说中，自认今生是来还前世欠下的债的，来世即能入幻境，享富贵荣华。她的心里获得安慰，对自身的病痛产生了异于常人的忍耐力。

先生挂上吊瓶，说：“黄奶奶命真大，是肠癌晚期，还能扛得住痛。”

妈妈在一旁小声哭泣，问：“奶奶能醒过来吗？”

“这次是伤寒引起的昏迷，退了烧就能醒了。”

“已经烧到四十（摄氏）度了，也难为了老人家。”

“放心吧，我已经打过退烧针了，再输上三天液，这一关算渡过去了。”

黄奶奶醒来，伸手去拿枕边的一串佛珠。北风还在房外盘旋，卷着雪片摔在空地上，妈妈说沈先生来过了，邻居们也刚离开。黄奶奶说沈先生真是菩萨心肠，是佛祖派下来救人苦难的使者，她将沈先生的诊所看作是通往极乐世界的桥梁，沈先生像女娲一样捏造修行人来世的肉身。这样的想象，减轻了她身体上的病痛，尽管她翻身的时候腹痛难耐，也不能坐直身子，只能虚弱地倚着棉被半躺在床上，她的信仰却振奋着情绪，眼睛里闪着不一样的光芒。

青青对诊所产生了好感，病床、器械、潦草的处方、浓烈的药味，连同病中的乡亲，所有这些都伴随着她成长的足迹，成为老家的一部分。诊所对荣誉没有特别的要求，却是乡邻必定要去的地方，这里没有虚假的情感，是微不足道的求治者生之搏斗的地方。青青觉得，诊所是人们生活的另一个家园，有别于与亲人共享的舒适住所，却必须来光顾，许多人就是在这样两个家园之间穿梭往来，完成了生命。她想到从家到诊所的路，只要穿过长满杨树的一条公路便到了，这样短，像捡了很大便宜似的，心里有说不出的高兴。

# 人间四月

这可真是个沉甸甸的四月，有那么几日，可以从工作中走出来，去做深情的事。

## 1

清明节时，我搭乘夜行列车，回乡给姥姥上坟，次日清晨便已抵达。姥姥的坟在村子后山的小坡上，离家三里路，是小时候放羊常去的地方，土肥，地湿润，草生长得好。墓台前守着一棵白叶杨，是2009年种下的，如今我离开家乡才不过几年，树已长高很多，远远便可望见。内蒙古高原中部的春天是比别处晚许多天的，这个时节，小河里封了一个冬天的冰方始融化，靠近可隐约听到细细的叮咚声。牧草刚从土里钻出不久，伶仃瘦弱的样子。临水处的垂柳在抽芽，新绿疏疏，又夹有淡淡的鹅黄。山桃开着单薄的花瓣，白着脸在风里晃。杨树毛茸茸的，柔荑花絮泛出青色，树林上空飘着一只纸风筝。只有木樨科的迎春花和连翘，一丛一丛开着成片的黄色小花。在天津时，到处见它们，觉得那黄颜色的花朵简直俗气可厌，可在家乡光秃秃的山野里见到，却意外感到亲切，大概是只有光鲜艳丽的色彩才衬得上这无尽的春光吧。

晨光正好，东升的太阳将人的影子拉得修长，风还是老样子，性子烈烈的，大而乖张，呜呜奔腾，吹得空气凉飕飕的。我在山下遇着田螺兄，他拿风衣给我披上，又取出黄裱纸、小火炮、黄白两色菊花、苹果橘子馒头诸类供品以及白酒。我问他“怎么来得这样早”，他郑重地说“祭拜要赶早，是习俗”。对于社间风俗、人情事礼，他好像永远比我懂得多，一则是我缺少家庭生活的经验，一则也咎于常日里对生活用心不足，没有去向长辈们请教，致使无知，于是心间隐隐不安。他似是明白，又解释说“我不是虚长你几岁吗，什么事都略懂一点”。我在心里赞叹着他的好，认真地点点头，向他深深望去一眼，表示感激。

山间端圆的坟包上飘着白纸幡，果然有人赶早来祭拜先人了，是教人羡慕的孝心啊。我加快了脚步，转过碎石堆，看到姥姥的墓碑前多了一棵小小的柏树，碑前已有人燃了鞭炮，清水供养着白菊花，也有谁人折来的连翘枝子，斜斜欹在碑脚。田螺兄一面去踩柏树下的新土，一面说“树是新植的，土还很松软”。

我鼻子嗓子发酸，一时不能言语。仰头望见晨空之上云层堆积，山间云影忽明忽暗。光阴寂寂。想起汉仲长统《昌言》中“古之葬者，松柏梧桐，以识其坟也”一句。读书时念它不解其意，以为植松柏是为好看，又觉得柏树松树生长缓慢，一年四季灰扑扑地绿着，哪里有好看的模样，还不如许多杂花杂草丛生的旧坟头，野生着野蔷薇、金樱子、长牵牛、小叶鸢尾等花，天暖起来，它们在太阳下开起黄的、粉的、红的清丽花朵，人走过也忍不住会多望一眼。然而，松柏之长青长伴，其形如华盖之相守，却是他物所不能取代的。我一下子有恍然大悟的欢喜，苍柏变得可亲起来。那些托体同山阿的故人们，墓冢被萋萋芳草、丛生荆棘所掩，唯高大常青的树种，才可抵御自然的伟力，给祭拜者指引着来路，挽回后辈们日渐淡薄终至断裂的生之记忆。

## 2

五年时光，小小白叶杨已生长成一棵挺拔大树。从前旧家的院子门前也种有六棵杨树，贴着石质院墙长成一排。家乡有很多这种树，根扎得深，枝干又粗又壮，极好生长，和柳树一样，很不起眼，却有惊人的生命力，它们往往在人不注意的时候，忽然就在路边长出一棵，又忽然长高长壮，成了大树。幼时坐在树下读《红楼梦》，读到宝玉说他最嫌的是杨树，说道：“那么大树，只一点子叶子，没一丝风，它也是乱响。”他是嫌它们喧哗。我指着白叶杨问姥姥：“乱响的是这种树吗？”姥姥点头说是。小孩子的我当时好难过，多好的树啊，怎么就惹人讨厌了呢？它手掌一般宽大的叶子，春夏一样肥厚的深绿色，晴天时大风吹翻叶片，可以看到银白的叶背在太阳下翻滚，还有枝间黑色稳当的鸟窝和站在枝叶间喂食的喜鹊夫妇，都是我的玩伴啊，我喜欢它们的热闹。

考入大学后，和姥姥去了呼市，不能回旧家的时候，姥姥总是一边用手比画，一边说“杨树该长这么高了吧”。后来姥姥病时，村里有过来探望的人，她总是要问上一句：“我家的杨树长高了没有？”2009年新年过后，天色晦暗，姥姥病情加重。我在床边问她渴不渴，饿不饿，她轻轻摇头，萧疏银发落在枕上，轻声问我：“燕子啊，外面下雨了吗？是不是树叶在响？”那是在深冬，大雪纷飞，草木凋零，哪里能听得到树叶子的响动呢，只是那时的我没能明白她想要回乡的愿望。她病得意识不清时，还在梦里说：“树上起风了，燕子下学怎么还不回来背诗？”

她要我背诗给她听，像小时候一样。

## 3

小时候，家里常常没有田字格本写字，杨树叶就像《西游记》里的神仙之物一般，被姥姥夹在书页里印平整，一页页拿给我充作写字的纸。我总是问“姥姥你是神仙吗？变出这么好的树叶子”，她说“不是神仙，是天上人”。

我拿油笔在叶掌里默写识得的字、背诵过的课文和学过的诗，像得了灵气般，每个字都写得好极了。有一首《春江花月夜》，小学的语文书里是没有的，姥姥却会唱。她坐在树下一句一句教我，记一句，我便在树叶上写一句，三十六句完整写下来，已经从夏天走到了秋天，树叶一片一片在落了。许多个下晚学后的黄昏，风吹动树叶，沙沙作响，姥姥在院子里忙，我和俊英则坐在树下朗朗地读诗。院子里常常传出："背一首《春江晚景》来。"

"好——竹外桃花三两枝，春江水暖鸭先知。蒌蒿满地芦芽短，正是河豚欲上时。"

"再背一首《出塞》吧。"

"秦时明月汉时关，万里长征人未还。但使龙城飞将在，不教胡马度阴山。"

这些是我和俊英早就会背的，背完我们会很好奇地问："春江是哪里的江，远不远？""阴山是不是大青山啊？"

乡里因为没有许多书看，只有语文书，我们几乎记住了书里的每一个字。我们最喜欢书里的诗，或许是喜欢诗的语言，那么短，却有那么多的好故事在里面，所以也喜欢背。每一回开学，从老师手里接过属于我们自己的书，回家找最好的纸包好，然后便翻开来找诗念。不到一个星期，书里的诗都念到会背了，再念就要到下一个学期，要等半学年呢，我便跟姥姥抱怨："语文书里的诗怎么这么少呀，都不够背。"过不了几日，姥姥就会托人从集镇的书店里带一本新书给我。我在小学五年级时，已经有了一本属于自己的《唐诗三百首》，我高兴极了，看到封面上印着的疏落古画，几从秋树，几笔山石，一叶舟，留白的江面，真是好看，慌忙提笔在首页上使力气写上"燕子的书"四个字。

第二天，我就兴冲冲地带到学校，拿给同学看。大约有小孩子的虚荣心在里面吧，书在班里传，每个同学都会说："是燕子的《唐诗三百首》啊。"我听到了，便要骄傲地点点头。这可真是大名鼎鼎的《唐诗三百首》呀，是刘老师总在课堂上提的"熟读唐诗三百首，不会作诗也会吟"的《唐诗三百首》，是花七块钱从镇上的新华书店买回的《唐诗三百首》，是同学们都想拥有的《唐诗三百首》。

那时候，我立志要每天背一首诗给姥姥听。从张九龄的《感遇》开始，"兰叶春葳蕤，桂华秋皎洁"。第一句就有两个字不识得，怎么办呢？急得我面上热热的。姥姥哪里会不懂得我的小心思，她说这叫"wei rui"，分别是一声和二声，她又细细做了解释。那时的我一心只在记诗上，对释意极不用心，也无心去体会诗中的寄托与表达的情感，只囫囵吞枣地死记硬背下去。为背诗而背，终归不能长久。五绝与七绝还勉强可以背诵，到律诗，就开始不好消化了，"八句的律诗怎么这么长，太讨厌了"。后来翻到十几数十句的古风和歌行，惊了半天，背诗再也无法继续，便将书丢在了一旁。只在暑假上山放羊的时候，才会把书带在身上，羊吃草的间隙，挑喜欢的句子高声去念——

"绝代有佳人，幽居在空谷。自云良家女，零落依草木。"

"摘花不插发，采柏动盈掬。天寒翠袖薄，日暮倚修竹。"

不听话的羊跑到别处的山坡上去了，要把书放在草地或石头上去追。有时书页上沾了草的汁液，浸成淡淡一块青色。又有时羊蹄踩到书上，那一页就留下了羊脚深深的脏印来。心疼得不行，这可是花了家里两个月的生活费买回来的呀，还花了夏天里给我买花裙子的钱。于是一整日不高兴，觉得要对得起这昂贵的开销，就默默地站在石头旁边，很用心去记诗，终于记下了杜甫的《佳人》。回到家在树影里背给姥姥听，熟极了。即使到了今天，也还是能够流利地诵出来。

## 4

读初中时，得到了第一本白话书《警世通言》，是姥姥在旧书摊上买回的。好故事里穿插着诗，我终于生出想要读懂诗句背后深意的念头了。“忆昔去年春，江边曾会君。今日重来访，不见知音人。但见一抔土，惨然伤我心。”真教人叹为观止啊，这就是诗吗，是两个人之间的交好吧，原来在“伯牙不作钟期逝，千古令人说破琴”这平常的句子里，是有这样的情深意重。

也因此，渐渐记住了很多短且有力的白话——“贤弟，我与你相见何太迟，相别何太早”“须要讲官话”“若不是真正的大丈夫，焉能如此哉”“相别经年，无日不怀思忆”“今日风和日暖，我同你看花去罢”，都是些实用的话。小孩子似乎天生对有趣的事物存有兴味，且有极强的模仿能力，我和俊英两个便生出贪玩的心，胡闹了一通。

一个说：“上学作甚，都是些子恼人的作业。”

另一个接：“尔等真无用。”

一个又说：“今日风和日暖，我同你看花去罢。”

另一个又接：“你自被酒色迷住，不想读书。”

大人们听见，牙都要笑掉了。这时，一片杨树叶子“嗒”的一声落在眼跟前的地上，两个人争着去捡。有时会捡到纹脉清晰的叶片，很不舍得写字用，就珍贵地藏在厚厚的字典里，不几日便忘记了。以后的某一天，再翻起字典看到，已经是风干变黄的浅褐色叶子了，不禁感叹：“啊，好可惜。”

## 5

此后，迁到城里的日子仿佛电光火石，我再也不曾有过从前那样背诗学白话的热情。和俊英也早就分开，不在一个地方，也再没有同谁一起背过诗，模仿过白话。有一日，看到一本日本的汉文会话教材，是傅芸子编的，有一课讲起春季景物，说三四月，胡同有花卖，一毛钱来一把芍药，又说，“果子这时候还没什么，桃杏还不大熟，这些天樱桃下来，您尝罢，实在甜美可吃”。这样有趣的话啊，我说给姥姥听时，竟觉得有隔了一个世纪般遥远。

城里栽种的树皆是观赏性树种，被修剪得整齐有序，像天安门值岗的哨兵，笔直挺立，家乡的白叶杨自然很难见到。偶尔在某处看到一棵，总是要想起旧家时云淡风轻的生活，站在树下等一片树叶落下，珍重地捡起来，带回去给姥姥，跟她念一句“杨花落尽子规啼，闻道龙标过五溪”这不相干的句子。

## 6

那日，守在姥姥床前，我问她："背哪首好呢？"

她说："《春江花月夜》吧。"

"嗯"，我仿佛有些难过，少时背的那么多诗，在我的记忆里早已烂作一团，如今还能完整地记起几首呢？我说："老人家，那咱们一起吧。"

春江潮水连海平，海上明月共潮生。滟滟随波千万里，何处春江无月明！

江流宛转绕芳甸，月照花林皆似霰；空里流霜不觉飞，汀上白沙看不见。

江天一色无纤尘，皎皎空中孤月轮。江畔何人初见月？江月何年初照人？

人生代代无穷已，江月年年只相似。不知江月待何人，但见长江送流水。

白云一片去悠悠，青枫浦上不胜愁。谁家今夜扁舟子？何处相思明月楼？

可怜楼上月徘徊，应照离人妆镜台。玉户帘中卷不去，捣衣砧上拂还来。

此时相望不相闻，愿逐月华流照君。鸿雁长飞光不度，鱼龙潜跃水成文。

昨夜闲潭梦落花，可怜春半不还家。江水流春去欲尽，江潭落月复西斜。

斜月沉沉藏海雾，碣石潇湘无限路。不知乘月几人归，落月摇情满江树。

这长且短的三十六句，如今再背诵起来，生出的也只有“不道离情”的滋味了。

## 7

岁月如流水，无声东去。几日后，我捧着她的骨灰回乡，跪在白叶杨下的雪地里，北风吹过，树枝子上的积雪簌簌落下，很像是眼泪。

## 8

田螺兄拍了拍我的肩，将花供在清水里，摆上供品，燃起蜡烛，倒了四杯白酒，把黄表纸打成好看的扇形，搁到盆里烧掉。我们并肩跪在灶前，磕三个头。我学着田螺兄的样子，将一杯酒洒在墓前，将另一杯端举至眉端，仰首饮尽。接着又斟了几杯，一边喝着，一边一段一段背着记忆里还残存着的诗句：“莺啼如有泪，为湿最高花。”“问君西游何时还，畏途巉岩不可攀。但见悲鸟号古木，雄飞雌从绕林间。又闻子规啼夜月，愁空山。”“但见泪痕湿，不知心恨谁。”……

我酒量很浅，一瓶喝到一半，已经很晕了，走路也不太能走得稳。我转回头对田螺兄说：“你知道‘莫使金樽空对月’吗？李白的诗。”他接过酒杯，很温和地轻声说：

“你这是刘禹锡的‘暂凭杯酒长精神’。”又劝我不要贪杯。“啊，这又是‘不敢高声语，恐惊天上人’吗？”太阳已经升得很高，我们该返回城里去了，天上的人终于是没有下来。

天光高远，想念的人啊，长长短短的古诗句，太阳升起来时吹过白杨树尖的风，温柔春光里浓淡的绿意，白云背后深蓝的天空，渺远的鸟鸣，都如风中的云朵一般，飘忽而易逝。恍恍惚惚间，新景旧景，一程一程，便都走在了脚下的路途中。

人间四月，春深如酒。

不听话的羊跑到别处的山坡上去了，要把书放在草地或石头上去追。有时书页上沾了草的汁液，浸成淡淡一块青色。又有时羊蹄踩到书上，那一页就留下了羊脚深深的脏印来。

——《人间四月》

# 第三辑　四季的情

春天的花和草，邻人的生活，一头叫春耕的大牛
夏天的白云，高树和夜晚，缓缓吹来的风
秋天的离别，中秋节的月饼，桂花的香气
冬天冻伤的手，书店贪吃的女猫，过年
春夏，与秋冬——
四季的情

# 望春

今春暂居天津，春节过去不久，便从呼和浩特来到这边，住在合租的一间小房里。房间向阴又没有暖气，我只好凭着强大的忍耐力，寒号鸟一般挨到春暖花开。有一天早上，被麻雀的细啾和春鸟的啼鸣声惊醒，窗外阳光明媚动人。上班时，在楼下花园里见到金光流泻的迎春花和海棠树半寸长、青紫色的叶芽，暗自欢喜，我等的春天终于来了。

离住处不远，有一家菜市场，每天上下班都要经过。我很少自己做饭吃，只在周末实在不能忍受馒头咸菜的寡淡干硬，才跑过去买一些小青菜、大葱，回来煮一碗带汤的阳春面，坐在凳子上埋头吃完，连汤都要喝掉，像是味道很好的样子。

一天下午，邻居家鱼炖豆腐的香气飘过来，太浓了，缭绕了我整整一个晚上。第二天我便决心去菜场买鱼，站在摊铺前徘徊许久，住处没有厨具，我一时又琢磨不出鱼的做法，只好作罢。转身去了卖大饼的摊位，女老板正在做饼，倒油、摊饼、翻转、起锅，最后放在案板上横竖两刀切块，动作干净利索。饼冒着热气，躺在眼前。老板看到我，说："姐姐，新摊好的饼，要不要来一块？"我喜欢天津人温暖的亲切感，即使是陌生的女子，他们见了，也会称呼上一声带着津味的"姐姐"。虽然卖饼的老板并不是本地人，她带着乡音的方言里难有的津话，给人亲切，也让我有种想笑的冲动，买了块饼，就匆忙离开了。

饼的味道很好，面粉热熟，像读书时姥姥做给我的一样。从前，读初中要到乡里去，学校离家二十几公里，平常住校，周末回家。每次回家，姥姥都会为我做些好吃的，有饺子、油炸糕、大饼和红糖焙子。饺子和糕都是过节时才能吃到的食品，大饼和焙子却显得平常一些，普通人家的餐桌上每日都有。我不爱吃甜食，周日返校时，姥姥都要装五张饼在我的书包里，每张都分开包好，送我翻过第一座山，才将书包交给我，嘱咐"好好吃饭，好好学习"。这五张饼就成了我一个星期的午饭，在食堂舀一勺蔬菜汤，就着吃下。然后在校园里闲逛半个钟，我小时候有积食的毛病，胃总不太好，需要借助运动帮助消化。这样，我便多出了许多时间仰望天空的白云。

家乡的云很大，总是高高地飘在蓝天上，像施在作物里的化肥，也像奶牛身体上白色的花块。春夏时节，河里的冰完全融化掉了，柳树开始返青，小草也冒出了新芽，人们便下田犁地耕种。犁地的拖拉机还没有普及之前，我们村子里养着两头用于田间劳作的耕牛，耕地、耙地全靠它们。我那时还不懂得分辨牛的种类，许多人家里都养着几头身上带有黑白花块的奶牛，它们身体下方紧挨后腿的部位，有一双粉红色乳身长长的奶房。每天晌午和晚饭后，人们都要拿一只白色塑料桶挤牛奶，按桶计价，卖给前来收奶的人。后来，渐渐有了奶站，各家挤完牛奶后，用推车推到站上去卖。耕田的牛不同于它们，赤身棕黄，并没有黑白花块，身下也没有奶房，头顶有一双尖锐有泽的牛角，肚子很宽，体型健壮，望上去很美丽。没有养过牛的人或许很难体会到牛横长宽广的小腹、端庄的臀部、光泽有力的双角和明亮的眼睛有多美。

乡里耕牛很贵，养起来也较为金贵，每年农忙前要喂上几餐煮熟的黄豆，以提供足量的力气拉犁拉耙。我们村只有村长家和村东张姓的人家养有耕牛，他们舍得对牛好。有一年，张家的牛生了不能吃喝的病，那时兽医还不时兴，张家人到县城医院请最好的大夫到村子里给牛看诊，开了许多连人都舍不得吃的药，每天三次按时给牛服用。

到了耕种时节，村里人都要花钱租雇耕牛耕田，实在租用不起的人家，则是两三家人合伙，使用三四个男劳力做牛的力气活。我家则是在农闲时，给村长家放牛，以抵消来年耕田的租金。村长家的牛是一头脾气暴烈的大公牛，牛角又尖又长，我不敢轻易靠近，怕不小心惹到它，会被牛角刺穿肚皮，总是跟在姥姥身后，小心翼翼地远远望着它。它并不看我，低着头自顾自吃草，偶尔发出几声很重的呼吸，让我误以为它吃草呛着了，赶忙拿盆送水给它喝。它这才看我一眼，缓缓靠近水盆，伸出淡红色的舌头探探水面，继续吃草。我弯身端盆时发现，原来牛吃草是用舌头卷的啊，把草茎从草根上卷起，再用宽大的牙齿磨断。小孩子的好奇心得到满足，我兴奋地对姥姥喊："牛吃草是用舌头卷的呢！"这样的事情，如果没有亲眼看到过，谁又能知道呢？我太高兴了，又蹦又跳，惊着了牛，它生气地朝我冲过来。姥姥紧紧拉着缰绳，牛挣脱不得，只好作罢。那之后，我再也不敢去放村长家的牛，生怕它记仇，一个健步抵过来。

大约五年级时，姥姥领回一头小牛，比起别人家威风凛凛的大牛，它显得瘦小柔弱，又缺少半只耳朵。可是，它的眼神很温柔，我去摸它长长的睫毛的时候，它伸出舌头触碰我的手指，气息温热湿润。我像遇到最好的伙伴一样，亲它的鼻子，抚摸它缺失的半只耳朵。姥姥便放心将它交给我去放。

"姥姥，这牛是产奶的吗？"

"要耕地用。"

"那咱们叫它春耕好不好？"

"好。"

村子四周地势低平的地方都被开垦成了农田，只有山顶和山坡，地势高不好蓄水，种植的作物不好成活，才成了草场，专门用来牧羊放牛。陌上草短，村间牛羊众多，每日轮番不间断啃食，渐渐裸露出地面，只剩下草根了。只在山坡和山顶，牛并不能吃饱，傍晚回家时，它们后腿上方的小涡也还不能填平，更别提牛肚子吃得横起来了。牛要吃饱需要花费三四个钟头，去远山上放养。那时，我牵着春耕，翻过好几座山坡，到少有人去的坟山，带着它在坟茔间行走。有时，也丢掉缰绳，放它自己吃，我爬到一块大石头上唱歌，把会唱的曲子全都大声地一一唱出来。春耕能懂得我的心意，它喜欢听我唱歌，在我确实没有曲子可唱的时候，它会从草丛中抬起头望我。等到西天呈现橙红，我才缓缓牵它回家。我有时发奋，在它吃草时，拿镰刀割一些汁叶肥厚的草，扎成捆，带回家，当作它夜间的嚼食。

经过漫长的冬天，开春之后，牛角长粗长弯，春耕已经可以下田耕种了。我和姥姥一少一老，都扶不动犁铧，要和俊英家合伙。犁，耙，耖，一遍一遍，两家人二十几亩田地，全指望春耕一步步辛苦走完。俊英爸爸是做农活的一把好手，他在春耕的两胛上挂上木轭头，将犁铧压得深深的，挥动鞭子，“驾——”春耕弯下头，拼命拉动犁耙。天刚刚泛白，他们就拉牛出门，到晌午吃饭时，我放学回来，才交给我去放。它已经累了长长一个上午，我怎么忍心让它再翻山越岭去寻好草呢？便带它在田埂上，在大路边，在小河畔吃草。多数时候，它在田里干活，我就跑到草好的地方，割回来一担，放在地头，等它休息的时候吃。我们一起长大，它在我面前格外温顺。我在前面，有时走得慢一些，它不小心踩到我的脚，会马上抬起蹄子，轻轻提着，等我把脚移开才慢慢放下来。休息时，它的嘴里像永远在嚼口香糖，流着口水，将先前吃下的草料一一倒出来嚼碎，乡下人称作“倒沫”。因而无事可做时，它卧在地上倒沫，我坐在旁边写作业，总要哈哈嘲笑它一番：“哎哟哟，又流口水了，大馋牛。”它看着我，仍旧自顾自嚼着，一副胃口很好又不屑一顾的样子。

有天下午，太阳炙热，连石子都被晒烫了，它耕田跋涉一个来回，需要一刻多钟，俊英爸爸有些着急，鞭影疾厉。它不堪忍受，便红了眼，挣断缰绳，跑到小溪边去发脾气。不让人靠近，一只前蹄在水里拼命地刨石子。大家都没办法，姥姥只好让我去牵。烈日炎炎，我卷起裤腿光脚跑过去，它正在用角抵泡在水里的一根老树枝，喷着粗气，仿佛有说不出的委屈。我轻轻走过去，它意识到有人靠近，想要跑掉，抬眼见是我过去，便有些犹豫，终于没有跑走，直起头望着我，大眼睛扑闪扑闪。我慢慢伸出手，摸它的鼻子和脸，它的眼睛有些发红，身上都是鞭痕。我心里好难过，抱住它的脖子，轻轻地对它说：“春耕，不要倔，你要听话啊，走得快一点，好好耕田。”它扭动了一下身子，满怀心事地看着前方。

天空的云峰，从大青山的青色山影上升起，蓝天渺渺，田塍杳杳。春耕要耕的田还有很多，而我正在懵懂无知的年龄，和许多普通的乡下小孩子一样，上学下学，寒假暑假，放羊放牛，做农活，看不到未来的方向，眼睛里也没有外面的世界，空空的，什么都是空空的，经不起记忆去推敲。我们站在茫无涯际的田野里，互相依靠，终于平静下来。我转身对姥姥说，你们先歇一歇吧，我带它吃点草。我将草打成团，递到它嘴边，它粗厚的舌头卷过来，将草卷进嘴里，吞咽下肚，把我的手也舔得湿漉漉的，它竟这样饿了啊。晚间，星空辽阔，月亮穿梭在云层里，明明暗暗。我们在院子里拌化肥，我对春耕说：“你看，这就是化肥，像不像天上的云朵？”它却只看着，陪我将暗红色的磷肥颗粒掺进雪白的化肥堆里，在地上拌匀，再重新装进袋子，套上牛车，拉到田地里撒掉。空气里充满化肥刺鼻的气味，呛得人流泪。

上中学后，学校太远，放牛的日子逐渐少起来。姥姥走不了太多山路，春耕大多数时间在被啃过无数次的草根上觅食，有时是拴在棚子里，吃槽里并不新鲜的秸秆，勉强果腹。当我出现时，它还是会马上精神起来，温驯，眼神温柔，我带它去寻“大餐”。经过田地时，我故意将缰绳拿得松一些，让它在庄稼上吃一口，也顺手扯起道边婆婆纳、苍耳和杂七杂八的野草，圈成团喂它。初三那年春天，村里来了几台拖拉机，耕地的速度飞快，我跑回家跟春耕说“多好啊，以后你再也不用下苦力耕地了”。它像是听懂了，眼神里却闪过一抹忧伤。我并不知道耕田是春耕的宿命，不用它耕田了，它便只有离开。自那日起，它的胃口大不如从前，一日日瘦下去。我难得牵它到远山上放一趟，它也只是埋着头跟着我去，跟着我回来，默不作声。

一天晚饭后，姥姥和俊英爸爸商量卖牛的事，说我要上高中了，还没有凑够学费，春耕见天地瘦下去，再晚卖就不值几个钱了。当时将要到农忙时节了，我以为他们只是说说。不想几天后，天还没亮，就有买牛的三轮车停在我家院门前。他们将春耕从棚里牵出来，它忧伤着不肯抬腿上车，姥姥便又喊我来牵。我抱着它的脖子，哇哇大哭。姥姥对春耕说：“赶快上车吧，换回来钱，咱好让丫头出去上学。”春耕望着他们，明白将要发生的事情，大眼睛里流出泪来。它用脖子轻轻蹭我的脸，算是与我最后的亲密，却没有任何执拗，默默地抬起脚，挣脱掉我，上车去了。

这些年过去，村子里的耕牛早已绝迹，连奶牛都在食用精制的饲料，田草疯长，蓊蓊郁郁。因为春耕，我一直讨厌拖拉机，不喜欢冰冷不带任何感情的机械。我问姥姥："难道科技发达了，人们就要变得没有感情了吗？"大人们教给我的，就是物竞天择，把旧的东西抛弃掉，用相对好的新生物品代替，生活就是在马不停蹄地向前奔走。然而，每次在田野里见到一片好草，我都要念及春耕来，感叹着"这草真好啊，它肯定喜欢吃的吧"。有时候，站在青草边，想着它，忆起它临别时的眼，便不能自持。

津城接连几日晴天，从菜场回来，路边的杨树枝上挂满了灰绿的花序，毛毛虫一样落得遍地都是，这又是家乡春耕的时节了。我小时候最怕虫子，见到相像的东西也会心生怕意，只好绕着走。我却喜欢这边干净地密布着星星一样花纹的杨树皮，忍不住想去摸一摸。内蒙古那里的杨树，经风沙严寒洗礼，生出了与生俱来的沧桑，树皮满布着皱纹，呈灰褐色，使人心生敬畏。这里的树却显得娇贵一些，生长出的样子也白净喜人，树皮尤甚。杨树花序踩上去柔软得很，像是能踏出汁来，我疑心它们是有生命的，不敢用力下脚，尽量挑选空地行走，慢慢接近树干。两个小孩子在地上捡杨花玩耍，一条接一条，装进饮料瓶子里，我问："你们怎么不怕呢？"他们看看我，一个说："这些都从树上掉下来了。"另一个说："不怕，装起来多好玩。"我蹲下，壮着胆子捡起一条细看，花身像鱼身张开的鳞片，无骨一般。风吹过，它从手心滑落出去，使人心里顿时毛扎扎的。气味却很特别，浓密青馥犹如植物园的味道，带着春天的气息。

西南楼小公园里有人在敲锣鼓，锣声清脆，鼓声低沉。音乐活动在这里似乎很流行，四散的亭子间，一些上了年纪的人在唱歌。几个人拉着二胡与笙配乐，一位老爷爷穿土黄夹克，立着放声歌唱，他的声音有些颤抖，却仍旧浑厚圆润，歌调婉转。

阳春三月去踏青，春色果然好。
杨柳绿河水清，梨花似白云。
阳春三月去踏青，春色果然好。
蝶儿起舞鸟儿欢唱，野花似繁星。

旁边几个上了年纪的人坐着听。我站在一树金碧辉煌的连翘旁，看着光照缓缓地投入亭子，穿过路边石缝里紫色的堇菜花，连流动的车辆和行人，都通透一般，一同浸在温柔明媚的春光里。是啊，春色果然是好的。

# 立春

在我们小城，修车是一种不可或缺的行业，每隔一两个街区，总有个把修车铺。开车的人，免不了要进去绕上几遭，尤其是在严寒的冬天，凉了一夜的车打火时发出异响，或者方向盘跑偏一点，都会让人惴惴不安。

春生的修车铺，在城中村临近街面的地方，招牌狭长，白底蓝字，简单朴素地写着两个大字“修车”，这在霓虹闪烁的商铺里面，并不引人注目。铺子的二楼，开着一家驴肉火锅店，香气扑扑冒出来，飘到春生修车铺里，勾着人的胃。也有许多人是过来吃火锅，才知晓这楼下还能修车，就顺道把车检修一下。我家邻居小崔，是他家的熟客，因而楼道里几户有车的邻居，也被介绍到他这来。春生忠厚本分，车子一般的小毛病都能解决，日子久了，便渐渐和大家熟识了。

春生不是本地人，家乡在牧区的某个旗里，地名很拗口，他曾对我说过许多遍，我总不能记住。他个子高高的，又黑又瘦，一年四季穿着磨得发白的旧军装，衣上也尽是油污。他的手像是不能洗干净一般，总油迹斑斑，仿若我读书时候拿碳素钢笔写字，不小心漏到手上的墨汁。我曾见过他的媳妇，她高高盘着发髻，胖胖的，笑声爽朗，又带有浓重的牧区口音，做着一手好茶饭。他们养着两个孩子，都很健康，姐姐欢欢十二岁，在老家读小学，弟弟乐乐七岁，早早便来了城里。在他家店里一起干活的，还有春生的叔叔和一个叫小穆的小工。

今年腊八，刚好赶在周末，春生早早打电话给我说“中午到家里来吧，媳妇熬了粥”。腊八粥是我小时候很喜欢吃的东西，多年前姥姥在世时，冬月腊八，都要煮上三两碗。我便坐在窗户下，美美地喝起来，还故意将粥吸得呼呼响。因为怀念从前的情景，我便赶在中午前到春生家店里。欢欢放了寒假，被接到城里来，做饭时帮着择菜洗菜。乐乐坐在门口的桌子边写数学作业，他才读小学二年级，习题只有简单的加法和减法。他却只是将会做的几道题草草地计算完，那些看起来相对复杂的题目都间隔着空下了。我问他：“这道题怎么不做呢？”他有些不好意思，抬头看看我，说：“字太多了，念不完。”这时，他妈妈便开始吵骂：“你就是想着玩呢，心都不在学习上。” 小孩子的自尊心受到了伤害，忧伤着站起来，趁妈妈不注意时，悄悄溜了出去。

和许多外出做工人家的孩子一样，父母对他并不抱有太多幻想，在学习上对他也没有特别的要求，只要能识字便不错了，他们大多也不大识字。春生媳妇送乐乐去读书的时候，也虔诚地跟老师说“孩子在学校不听话，您尽管打”。老师也不打，只在每天放学布置一点作业而已。乐乐在学校表现得并不聪明，布置的作业常常做不完，有时课上背不出课文，也会被批评几句，站着听课，这些都是学生们的平常事。大人忙着生计，并不去操这个心，孩子下学回来，任由疯跑玩闹，睡觉前把作业做完就行了。

中午吃饭前，还不见乐乐，春生媳妇便站在小院里喊：

“乐乐呐……回家来吃饭喽……你不要在外面玩死了啊……回家来吃饭喽……”

这叫喊声很快淹没在车流中，乐乐却从小卖铺里探出头，嘻嘻笑着，跑到欢欢身后。他从兜里掏出一把好吃的，给欢欢和我一些。

“你是不是没吃过这个？”他问我，没等我回答，他又说，“流口水，这是流口水，你见过没？”然后又罗列了几种口味：“酸奶草莓味的，酸奶葡萄味的，酸奶苹果味的……”然而，我并没有尝出这些味道的差别，乐乐却吃得欢天喜地的，像真的在喝着酸奶吃着水果，又和我小时候一样，将糖果嚼得咯吱咯吱响，很香的样子。

在他们租住的房子前面，有一片空地，大概是天气暖和的时候开辟出来的菜园，用水泥砖砌成一尺高的矮墙，拐角处新栽种了一棵雪松，成活得很是艰难，半倒在雪地里。空气太冷了，站在外面一会儿，脸都被吹得红红的，乐乐却脱掉羽绒棉袄，跳到菜园里去，将雪松连根拔起来，调皮得让人生气。

欢欢不是在城里长大的，妈妈改嫁给春生，她也跟着过来了，留在老家上学。在这样的境况里成长起来，使得她平时无声无息的，低着头，不爱说话，脸上带着羞怯又闪烁的微笑。她继承了妈妈的体格，身型很壮实，生长得丰满，才刚刚十二岁，就早早发育起来了。她生活在牧区，那里的孩子大多细手细脚，青春期的变化要晚一些。暑假的时候，她和一些伙伴去很远的小河里戏水，弄湿了衣服，露出胸脯鼓鼓的轮廓，这对乡下的小孩子来说，是很羞人的事情。也因而，她常遭到其他小孩子的取笑。她喜欢穿稍微紧一点的衣服，这样能显得瘦一些，这个时候，几个小男孩就会对她做鬼脸，大声议论说："紧身衣真难看呀！""像个丑八怪一样的。"欢欢却一点也不生气，也不把身上的衣服换掉，她和别的女孩子一样，有着爱美的天性。她从妈妈柜子里找出一朵大红色的旧绸子，折成蝴蝶结的模样，扎在辫子上，照镜子的时候，笑容明媚。

她喜欢到城里去，隔一天就缠着妈妈去街上逛，因而当我问"过年的衣服买了没有"的时候，春生媳妇像终于找到了倾诉的对象：

"这死丫头，就喜欢逛街，巴不得一整天待在街上！"

"买一件棉衣还不行，还要牛仔裤，还要运动鞋，还要大衣……"

"过年的衣服钱，比我花的还要多！"

…………

欢欢却已经解开书包，将衣服一件一件拿给我看。她的确是爱美的，拿着衣服，脸上露出明媚且满足的笑容。春生媳妇见到，却硬硬地说："以后得自己挣钱，孝敬我们。"

"一年不就花这一次嘛，还不舍得，小气巴啦。"欢欢这样还嘴，母女俩便笑起来。

这时，春生进屋了，寒气跟在他身后灌进来。

"拿两千块钱给我，卖机油的过来算账了。"

"两千块，这么多，不是上个月才给他结过。"

"没办法，人家说物价涨了。"

"不给，涨得也太贵了，他今年过来修车的钱总不能一直给赊着啊。"

"他说这次把钱给了，过两天就把修车的钱还咱。"

"每次都这么说，都说了一年了啊。他欠咱多少了？"

"有三五千吧。"

"那机油的钱，就先顶账。"

"顶账？过两天他们又过来找茬，还是先给他吧，咱好过个安生年。"

春生媳妇极不情愿，递了钱过去。春生推门离开时，又一阵寒风吹了进来。太阳升到了头顶上，浸着冬天的雾气，黄得有些淌不开。

该要吃饭了，春生媳妇烧了一桌子菜，蒸了烧麦，腊八粥也熬得香甜。大家围在一起，屋里渐渐热闹起来。然而，索账的人，集中似的，三三两两地过来，进进出出，房间里的热气便一点点散了出去。一条狗闻到饭香，溜到了院子里，不时发出一两声低吼。春生喝酒上脸，送完索账的人，他本来黑黑的脸颊渐渐变成了红色，似乎有些醉了。他终于忍受不住门外饿狗呜呜的叫声，跳出门去，抓起一把石子，狠狠地扔过去。那畜生往后退几步，遥遥停下，很有耐心地与我们对视了一阵，回身跑了出去，消失在冬天午后逐渐由暗黄变得透明的空气里。

“今年立春早呀，年前春天就来了。”春生媳妇喃喃地说。人们都醉了，乐乐却带着孩童大大咧咧的天真，大声地问：“什么是立春呀？”欢欢说“就是春天来了的意思”。片刻，他扭头问春生：“爸爸，春天来了，家里的羊就有草吃了，吃肥了就能卖钱在这买新房子了吗？”春生的鼻子酸起来，大声地说：“房子，买！”

从前我并不理解人们对酒的热衷，不知道这个东西的乐趣何在。现在看到春生和他的叔叔从寒风里干活回来，浑身冻透了，情绪也这样灰暗焦虑。喝上几杯酒，身子逐渐暖和起来，才恢复了人的血性。对他们来说，或许只有餐食的几两小酒才可以抚慰讨生活的劳苦艰辛。他们带着醉意，希望立春之后，买卖会有，钞票会有，房子也会有，希望鸡飞狗跳的生活变得热气腾腾。日头偏西，浑黄的雾气散开了，过来修车的人渐渐多起来，春生一家人又要开始忙碌。这时，桌子上的酸菜炉子终于炖开了，很烫，热气直往上扑，湿漉漉的，真像是春天的水汽啊。

# 夏至

想家时，记起旧时光。

在家乡，端午是颇得重视的节日，对于小孩子时期的青青来说，尤其欢喜。有白白胖胖的粽子可以吃，有妈妈缝制的一两只菱形的香包缀在书包上，手腕上也系上了两根长长的五彩线。家家户户门前都别着艾叶，空气里流转着粽子的香甜和艾蒿淡淡的清苦。旧时小孩子对一切节日的情感几乎都建立在吃和玩的基础上。一年之中，最让他们喜气洋洋的节日，无非春节、中秋和端午了。过年之后，经过冬春之交，已经很索然了，再寂寞至初夏，天气由冷而热，花开日明，端午才姗姗到来。

在青青的印象里，端午前总会有一两场或大或小的雨水，她喜欢这雨。淅淅沥沥，风吹过，初夏方始弥漫的暑热渐渐屏退，空气里多出的清凉实在是舒适。她记得沈从文先生曾经给这样的雨取了一个非常有南方气息的名字，叫“龙涨水”，便是因为南地多雨多河流的地方，年年端午要举行盛大的赛龙舟比赛。青青心生羡慕，她还不知端午的雨水是梅雨的铺垫，她还没有为雨水所苦的经历，因而感叹南地的同龄人“在龙舟上肯定很欢天喜地的吧”。事实上，龙涨水和赛龙舟在青青小孩子时的意识里，是极少出现的，那时的她高兴地和玩伴们一起打闹，去水塘边插柳条玩，去田地里提麦秆吃，或是去油菜花田捉蝴蝶，去土墙边逗蜂子。玩累了，回到家里面，连手都不愿意洗，就踮着脚尖伸手去够放在锅里的粽子。

乡里的柳树生得简直是朴素，枝干强壮，枝条短且生硬，向天空伸展着，只有末梢细嫩的一小段柳条才稍稍下垂。生长在山野、房前屋后、村道旁或河边，不像城里的柳树一般，枝叶柔美地款款低垂着。可是小女孩的心里都太想要一棵自己的垂柳了，她们以为只要将柳树枝倒插就能栽种出和城里一样的垂柳来。从清明柳树发出新芽，到端午柳叶青绿。青青一直盼望着下雨，每场雨后，青青都缠着小叔叔到池塘边，帮她折下几枝粗细适中的柳枝，插在临近水面的松软泥土里。天气晴好时，她常常带着空酒瓶，从池塘里灌满水，给柳枝浇水。后来，几根成活起来的小柳树在第二第三年，又生长成大柳树的模样，枝干向上伸长。青青垂柳的梦想终究没能圆满，家乡女孩子一棵垂柳的梦也都始终空怀着。小叔叔说，“它叫旱柳”，“咦，这么难听的名字啊”。可是旱柳天生高大，漫山遍野生长，和乡间广漠辽阔的土地，果然是相衬的。风雪雨露，让它们枝干日渐壮实，制成木材远比供人欣赏实用。

晴日里太阳很好，田里的麦子拔节抽穗，小小的幼麦粒藏在苞里。青青在上学、下学的路上，总要和小伙伴一起，悄悄潜到地里，捉起一只麦穗，轻轻一提，麦穗便带着青色柔软的一节小麦秆脱离麦身。她们小心翼翼地偷麦穗，不敢大声讲话，害怕引来麦田的主人。“收获”的喜悦是不能通过言语表达的，小伙伴相互看一下便能心领神会地分享了。待每人提了一把，大概五六根的样子，才欢欢喜喜地回到大道上。剥开裹在外面的一层绿色麦皮，将嫩白的满含鲜汁的幼麦粒放到嘴里，嚼一口，汁液鲜甜。这时，总会遇着同校捣蛋的男孩子，他们从后面猛追过来，学着孙悟空的口气，大喝一声：“小贼，哪里跑。”吓得几个女孩子“啊啊”乱叫，失手将麦穗丢到地上。男孩子则趁机捡起来，一边吃一边往前跑，女孩子便喊着“快还给我，快还给我……”，跟着在后面追，吵吵闹闹就到了学校或回到了村子。

油菜花开得金灿灿的，蝴蝶和土蜂在花田里，上上下下地飞。那时候，刚刚流行一种蝴蝶形状的发夹，银色的两扇翅膀接在发夹上面，别到头发上，人一走动，蝴蝶的翅膀就忽闪忽闪起伏着，像就要飞走的样子。妈妈给青青也买了一支，青青舍不得戴，放在文具盒里，和铅笔、橡皮、削笔刀碰碰撞撞，不知道哪天碰掉了一只翅膀，再也不能戴了。于是在青青的心里，对蝴蝶产生了喜欢却又疏远的情味，每次看到，她从来不像别的女孩子那样，飞快地去追去捉，“它们在花间飞来飞去，是不能捉到的”。她懂得怜惜美好的东西，觉得蝴蝶飞起来才是最漂亮的。可是，对待土蜂，她却野得很。

“青青，快过来，这只蜂进洞里了。”

“等下啊，等下。”她拿起瓶子飞快地跑过去。

“装在我的瓶子里吧，你快拿树枝掏。”

“嗯，慢点啊，可别让它飞跑喽。”

那时村子里土墙向阳的一面，有大大小小的洞，那是土蜂挖的窠。洞口圆圆光光的，洞却并不深，光线好的时候，可以一眼看到底。土蜂在花里飞了一遭，飞倦了，拖着肥肥的小屁股，钻到洞里歇息。两个小孩子就站在洞口蹲守，一个拿着树枝往里捅，另一个拿一只透明的玻璃酒瓶子抵在洞口接。待土蜂耐不住挑衅从洞里爬出来的时候，“噗噗”两下就被拨进了瓶子里。

“哈哈，这只蜂真笨呐。”

“我看看有几只了，哇，这么多了。”

“它们都毛茸茸的呢，胖死啦。”

不知是土蜂太肥了，不够灵巧，还是被树枝捣晕了头，青青玩这种游戏，从来没有失手过。小孩子们仿佛只喜欢把它们从洞里逼出来，装进瓶子里，像是充满了无穷乐趣一般，看它们在瓶子里沿壁向上爬。渐渐地，它们都爬不动了，静静地落到瓶底，小孩子才将瓶口向下，把它们磕到墙角，回家吃饭去了。有几次，青青将磕出的蜂子捏到洞窠里，蜂子肥胖的小屁股裸露在洞口，便一动不动了。青青站在那里，伸手摸一摸它，仿佛对待一个受伤的好朋友一样。原来它们好可怜啊，动一下就死掉了，她幼小的心里隐隐难过起来。

转眼，便到了夏至。

天气定定地热起来，青蛙在夜里呱呱叫着，树上的蝉也喊个不停，各家堂屋里挂着的三片白叶子的大风扇也开始呼呼旋转，家狗趴在阴凉处，吐着舌头喘气，口水长长地挂在舌苔上。这样热的天，就要放暑假了，新课程已经学完，每天放学于老师安排几页作业，青青都坐在院子里的桃子树下挥汗如雨地完成。家鸡缩到僻静处上宿后，晚风才带了点凉意缓缓吹过，枫杨树叶子不时发出几声哗哗啦啦响，楝树淡紫色细小的花瓣吹落了，扑簌簌掉在竹床上。田野蒸腾出楚楚的雾气，有一种寂然的生机，做农活的人扛着锄头，拎着菜篮子走在村道上回家，互相打着招呼："下地回来了？""是呀。晚上吃什么饭？"被问话的人往菜篮子里指指，说："凉面条，我这番茄黄瓜一大筐，给你拿几个。"说着，随手抓几个递过去，两个人推推让让，便进村了。村庄热闹起来。

夏天的晚上，青青最期待的只有晚饭和亲奶奶讲的故事了。村子前面，各家都有二三分地的菜园，妇人们勤快持家，每家的菜园里春夏秋三季都种满了菜蔬，足供自家一日三餐食用。阳春布德泽，及至初夏，正是青菜满园的时节，菜园里的小葱子、莴苣、黄瓜、西红柿、蚕豆、青蒜相继成熟。田间农事繁忙，麦收过后，该要打水耕田播种了。大人们早出晚归，早饭中饭都只为了果腹，佐菜寥寥，晚饭却是一天中最为丰盛的，家里的餐桌上摆满一盘一盘食蔬，瘦肉炒莴苣、蒸莴笋叶、凉拌黄瓜、西红柿鸡蛋汤，还有盐水煮的青豆子，滋味清淡，一家人在青冥的天光里细嚼慢咽，馋得月亮也爬到屋顶上来偷看。

莴苣是青青最爱吃的，切成片清炒，或是切成丝凉拌，或是加肉丝肉片炒，都很好吃。妈妈做饭时，吩咐青青择菜。青青坐在小凳子上剥莴笋，轻轻将莴笋叶掰下来，白色的汁液从叶根断裂处流出，青青伸手沾一点尝尝，味道清苦。家里养的幼鹅却钟爱这苦味，择下来的莴笋叶，拿刀在木墩子上剁碎，扔进鹅圈里，不一会儿就能被吃光。这叶子，也常常是家里餐桌上的一道菜，妈妈总拣几把肥大厚实的，将叶肉捋到面盆里，叶柄切段和莴笋一起炒。叶子加面粉、咸盐和味精，倒入少量水拌好，搁到笼屉里蒸食，味道鲜美异常，略带淡淡的苦却并不涩。妈妈从不让青青削莴笋的皮，家里的刀太重太笨，青青拿捏不好力道，容易伤着手指。那时的青青并不懂得妈妈的一片心，她多么好奇，又格外喜欢莴笋心透明的青碧色，趁妈妈不注意，便拿着家里沉甸甸的菜刀，偷偷溜到井水边，学着大人的样子一手托着笋身，一手执刀削皮。那刀实在太沉，碧色的笋心才刚斜斜切出一条，刀刃已经落在了青青的食指上，鲜血滴进水盆里，汪起满盆的深红色，刀和莴笋哐当掉了进去。真疼呢，青青哇哇大哭，妈妈闻声赶来，抓一把面粉按在伤口上，血滴滴答答滴到沈先生家的诊所。然而，青青于莴笋的情谊并没有止于缝伤口的三针疼痛，及至后来，在张爱玲的《半生缘》里读到世钧吃不惯小公馆的菜，沈太太便把自家制的莴笋圆子带去给他，连啸桐见了都要吃。书中说：

“这莴笋圆子做得非常精致，把莴笋腌好了，长长的一段，盘成一只暗绿色的饼子，上面塞一朵红红的干玫瑰花。”

这腌制的莴笋圆子，青青也是爱吃的，在她还没有离开家乡的时候，常常当作零食解馋。到北京读大学的七年时间，每年妈妈都要寄一些到学校去，莴笋肥嫩而长，牢牢地盘在一起，咸味浸在里面，配馒头或白水泡饭才更相得益彰。她到了斯图加特以后，味蕾停留在面包和奶油上，再没有吃到这样的美味。偶尔摸到留在手指上的伤疤，她的心里仿佛有遥远而不能及的怅惘。美食之外，和莴笋相关的，大约正是“闻得绿茶香，激起故园情”的情怀吧。

晚饭过后，小孩子们都跑去空地上捉飞得很低的蜻蜓，沉闷的天气里也会有几只黑漆漆的蝙蝠飞过，停在屋檐下，胆大的男孩子尾随过去，脱掉鞋子跳着打。青青的心思并不在这里，妈妈让她去洗澡，她在小水缸旁急急地舀起几瓢水，匆匆冲在身上，又装样子打一点点香皂。妈妈见到，免不了责骂两声。青青执拗不过，将木盆拉过来，又哗啦冲了几下，香皂水如同白浆一般冲在地上。她听到院墙外的枫杨树下，亲奶奶已经支好了讲故事的场子，慌忙穿上裙子，趿着鞋子往外跑。亲奶奶是妈妈帮她认下的干亲，乡野里的孩子总会认几个干亲的，以表示孩子的宝贝。亲奶奶讲的故事，是最受小孩子欢迎的。尤其是夏天的晚上，家里闷热，听故事无疑是消夏最有趣的事情。端午节的由来、绿罗裙的传说、盘古开天辟地、金江圣母三姊妹、土皇公公管四季和章回体的《哪吒闹海》《西游记》《红楼梦》都是亲奶奶最先讲给她听的。大禹、后羿、嫦娥、女娲、精卫，还有牛郎、织女，青青躺在席子上，透过树叶望着天空繁华若春花的星斗，枕着这许多传说，渐渐就睡着了。

村庄安静下来，妈妈喊青青回家睡觉，青青迷迷糊糊站起来，喃喃地说：“求求王母娘娘放了织女吧。”露水湿重重地落下，空气里有淡薄的一层清凉，栀子花开得正好，梧桐树枝叶舒展，远处田野间有布谷呼鸣。初夏的夜，因了这几声清亮的鸣叫，显得更为寂静了。

夏天也和青青一样，在家乡的夜晚里安静地睡着了。

# 读夏

## 夏夜

七夕前夜，为了凌晨两点去看英仙座流星雨，我便第一次感知到了完全不同于内蒙古高原的夏夜。虽然已立秋许多天，津城的天气仍旧暑气不减。入夜后静下来，仍能听到院子高树下人们纳凉闲谈的声响以及枝上蝉声、草间虫鸣、远处青蛙隐隐约约的呱呱声。天空湛蓝，绸缎一般，一弯月细细淡淡地勾着，星子寥寥，几片薄云衬托着月的脚步，那么懒洋洋地飘浮，做梦的样子。

夏夜里，能做什么呢？每日下班时，天已经慢慢黑透了，蝉声从嘶鸣到歇止，风在渐渐暗下去的天光里，温吞吞地吹过盛开着的白紫薇。南瓜藤附着在墙壁上，橘黄色的花缩成团，皱到一起了。几个老人摇着蒲扇坐在马扎子上，有一句没一句地说天气：

“今年这双伏天，就是热啊！”

“这天，简直卤得慌！”

“是啊，谁说不是呢，都赶上澡堂子了。”

“桑拿天哟！”

小孩子则寞寞地立在石板地上，无精打采地相互对望。蚊子多起来，黑蒙蒙一团，相跟着扑向人群和路灯，晚归的人走在路上，一不小心就给迷了眼睛。楼道里不知道是谁燃起了煤黑的卷曲蚊香，在防盗门边明明暗暗地闪烁，冒着白烟。浓烟总是呛到人，隔一会儿就能听到“吭吭吭”的干咳，接着便是加快爬楼的脚步声。

我好奇这样的苦夏，是从前未曾经历过的。于是记起白居易的避暑指南：

何处堪避暑，林间背日楼。何处好追凉，池上随风舟。
日高饥始食，食竟饱还游。游罢睡一觉，觉来茶一瓯。
眼明见青山，耳醒闻碧流。脱袜闲濯足，解巾快搔头。

真是好诗啊，唐朝没有空调和风扇，却以亲近自然避暑，泛舟游池，享美食，饮凉茶，看山青水绿，听溪水流觞，很是惬意。到如今，这些竟已成为杳渺难寻的古风了，再不能见。

从前在草原，记忆里并没有卤热的夏天。夜里蚊子起市，从田间树林飞往人家、羊圈和牛舍，村人常常喷农药驱蚊。每天日暮，隔壁家的叔伯用一柄绿色的喷雾器，将“敌敌畏”兑上水，化成牛奶一样混浊的乳白色，“刺刺”地喷到各家各户去，药味清甜，村庄里便散发出奇异的农药香。月亮从柳梢头升到房檐顶，四周只剩下蛙声了，我们就在这样香甜的气味和寂静中安然睡去。

蛙声年年夏天陪伴，少时因为惯熟，嫌鼓噪难听，并没有意识到它的好。后来在课本上读到“黄梅时节家家雨，青草池塘处处蛙。有约不来过夜半，闲敲棋子落灯花”，很是喜欢。北地高原不似江南，无黄梅天，青草池塘的景象也不在春日，大概只有到了初夏或再晚一点，低洼处那么浅浅的一汪小水沟里才会生出瘦弱的青草，继而产出密密麻麻黑色半透明的蛙卵。几日后游出成群的小蝌蚪，又好像一夜之间，青身白肚的小青蛙就长成了，从水间跳到石子地上，蹦来蹦去。及至夏日深沉，便传出“呱呱、呱呱”的蛙鸣了。听到蛙鸣，女孩子们就知道到穿花裙子的季节了，从衣柜取出珍藏着的裙子，迫不及待地穿上，心里美美的，觉得像个小公主一样，多好看呀。然而，穿花裙子的得意就只那么短短的十几天光景而已，夏天很快便过去了。

有时夜半，雷声轰隆隆滚过屋顶，窗外电闪霹雳，大青山上聚起黑压压的云层，风湿漉漉地理清山间每一棵庄稼每一株树，扫过通往村子的黄泥小道和屋顶上长着的狗尾草，转眼飞向天边，雨脚重重地探下来，砸在院子里的水盆里，发出清脆的回响。我和俊英总是在雨落之前飞快地跑到空地上，望着四角天际边月白的云，伸出手掌，等着第一滴雨落到掌心里。这时，总是有一声巨响，后山炸开了响雷，电光一道闪过一道，我们俩吓得哇哇叫着，往屋子里跑，刚跑进门，雨就哗啦一声落成了雨幕。这雨让村庄沸腾了，连家狗也被惊醒，傻傻地望一会儿天，望一会儿闪电，望一会儿雨，又望一会儿我们，迟疑片刻才汪汪叫起来，对着雨夜狂吠。

如今，估计很多人像我一样，已经很久没有痛快地感受一场夏夜的雨了。前日日暮，在办公室里听到雷声，赶紧推开一扇窗，伸出手等第一滴雨落在掌心里。然而，只吹了一阵风，雷声便向南奔去了，等了很久，雨最终没有落下，暑热依旧。我只好安慰自己说："不下雨好，晴天的夜，才能看到牛郎织女鹊桥相见。"

## 夏木

起初是因为好奇，后来渐渐开始喜欢一些植物，尤其是高大的树木，在炎夏，它们绿叶如盖，遮住了毒辣辣的日头。梧桐、白蜡、乌桕、枫杨、桑、槐都是天津街头寻常的树木，大概因为常见，人们并不珍视，往往一场大风过后，树的侧枝被吹折断下来，断枝上淋过雨的叶片反射着太阳光，还肆意地生长着。开车的人被挡住了道，生出厌恶的表情，踩油门哗啦啦疾驰而过，连小孩子路过都要扯一把叶子，随手丢在地上，来来往往的脚步踩过，很快变成了焦锈的一层泥黑色。然而，树的好，前人早就描述过了。我对有些树的情思也是读了书之后才有的，在古人的指引下，从认知到喜爱。比如杨树，之于我有格外的深情。

前个周六，为了拍荷花的照片，顶着烈日去水上公园。湖边满坐着游玩的人——垂钓的男子、游戏的小孩、拍照的年轻人。盛夏的湖水明满，银灰色的小鱼游来游去，有人撕小块面包扔下去，它们欢腾着成群聚过来啄食，很是热闹，也有一条大鲤鱼，隐约能见到它橘红色的脊背。红的白的睡莲铺在水面上，白荷亭亭玉立，僻静处生长的菖蒲旺盛地开着小黄花，两只黑色的水鸟并排斜过荷田，翅膀掠过水面荡起圈圈涟漪。顺着水鸟飞去的方向，我看到了一株高大的枫杨树，立在一座小亭的后面，枝叶扶疏，挂着美人步摇一样的果子。

枫杨树和胡杨、新疆杨一样，都是高大的落叶乔木，生长着手掌般的双生叶片，青碧的叶柄纹络清晰，阔叶柔软地垂下枝头，在风中飞扬。杨树实在是一种美丽的树，绿叶青青如华盖，植在庭院中，华净素雅，一春一夏地碧绿。幼树枝干呈青白色，树身光滑，老树则呈灰青色，树干犹如老人褶皱的手，不言而尽是风霜的痕迹。老家村东便有一片浩浩荡荡的杨树林，气候原因，生长的杨树多是新疆杨和胡杨，树身不高，弯成流风的形状，枝多有分蘖，树下是蜿蜒的黄泥小路和无名的小花。少年时，每年暑假，都和俊英几个人带着板凳，背着书包，坐到树下写作业，做游戏。饭点找不到我们，只要站在林子外吼一声就行。

俊英爸爸说："你们是把树林当家了。"

姥姥却叹了口气，说："他们当成了'百草园'和'三味书屋'。"

因而有着无穷的乐趣。

我第一次离家出走，也是到这片林子里。姥姥前一刻还在夸赞我，后一刻却为一件小事，动手打了我一下。我委屈极了，不愿意在她面前哭，一个人躲到林子里去，坐在离村最远的地方。天色已晚，林子里黑压压的，猫头鹰在枝头上跳动。人们开始吃晚饭了，姥姥还不来寻我回家。起风了，树影婆娑，叶子沙沙作响。我一个小人儿，又害怕又伤心，那时还未尝到酸苦，不知道我所承受的爱与忧愁，不过是漫漫长路中微不足道的一个开端而已。后来第一次和俊英争吵，第一次读喜欢的男孩寄来的情书，第一次雀跃着拿到大学录取通知书，第一次从山里搬到城市，最后一次陪姥姥回家……悲欢离合都是在这片杨树林子里。前几日重读古诗十几首，读起“去者日以疏，来者日以亲。出郭门直视，但见丘与坟。古墓犁为田，松柏摧为薪。白杨多悲风，萧萧愁杀人。思还故里闾，欲归道无因”。想到现在客居天津，极少回去了，此后大约再也不能在树林里捉迷藏，赶羊群从路上经过，爬到树上折树枝做弹弓，深秋扫落叶背回家喂牛，不禁很有些寂寞了。

草木有情，不只在高木。

夏日已近尾声，天津四郊的田地间正绿油油一片。亭亭的玉米高举着天星，玉立的芝麻节节攀高，成簇的花生伏身在土里，还有开着淡紫泛白细花的豆秧，都在酝酿着果实。小区的空地里，有人家用细木条做篱笆围了起来，种着丝瓜、豆角、豌豆、西红柿，一株无花果树和一株海棠都结出铃铛似的果子，近楼墙处攀爬在木架上的葡萄藤下坠着成串青色大粒的圆葡萄，野生牵牛在篱笆上缠缠绕绕，早晨和黄昏时开出淡紫或粉蓝色的花。

有时，我用相机拍下这些并不起眼的草木蔬果，送给心里那个小孩子的自己。回看照片时，总是感叹：“真好看啊！”这样想着，偶尔也会趁着月色，伸手去偷一枝开好的花，拿回住处小心翼翼地养着，反反复复去闻花香。一起住的董姑娘也是个爱花的人，她惋惜地说：“好端端的花，就被你掐了，你说你不是‘辣手摧花’，是什么！”真庆幸，我们还能为一树葱茏、一朵花开而怀有同样的欢喜，这欢喜便是草木给予我们的恩惠吧。

## 夏云

多年前的八月份，搬家到内大艺术学院附近后，经常去教学楼自习。某晚无意间进了美术系的教室，一个学生在画国画，远山松林山岚，湖中一叶舟，穿长衫的老者立在舟头。我不懂画，却觉得画面缺少延伸感，便冒失地跟他说，再加几片云吧。他提笔加了上去，空灵且有流动性的几片云。此后我便喜欢上了遇到的每一片云，这种喜欢又有着空想的爱情的味道，好比是一个怀着春心的女孩子，指着好看的云给她喜欢的人看，那云远远的，遥不可及。

卫津河临近广东路的岸边有数株楝树，高而且直，初夏时节，枝间开出团团细长的花，一树淡紫，香气馥郁。清晨常有提着鸟笼的白发老人，站在树下凳子旁遛鸟，黄鹂和百灵鸟的叫声最为动人，我经过时，总要停下来听一会儿。看到树开花了，忍不住抬头望，透过花叶，又望到了稀疏的云淡淡地飘着，好像风一吹，就会散了的样子。

“小姐姐是看花还是看云？”老人家问我。

“看云呢，天这样蓝。”

“难得啊，难得没有霾。”他也抬头望云。

路过的人不免有些好奇，也抬头望，同样感慨道：“蓝天，难得难得。”

是啊，这样蓝的天，现在天津很少见到。我每看到天空蓝色的底子上飘浮着的深深浅浅的云层，总不免起这样的想象，将云海当成美景推荐给身边的人，欢喜地说，你看，它们真美啊！然而这样的欢喜，也是难得才遇到一次。像这样干净的天空和空气，也只有乡间才更多一些。这些年虽很少再回去，却仍旧记得少年时蹲在门口玩抓羊骨，忽然站起来，远远望见青草地上汹涌的云海，风吹过时，绰约的姿态，瞬息万变，欢喜不能自禁，几个人拍着手大喊：

“快看，那个像不像羊群？”

“不对不对，像奶牛。”

“哪里呀，是孙悟空在翻跟头。”

“还有哪吒和嫦娥仙子。”

我到现在仍能够清楚地记得当时的喜悦，甚至连自己当年穿着的一件洗白了的单衫，也都不曾忘记。

乡间夏日，庄稼都种在田间了，农人们盼雨，对云也一并生出了天生的崇拜。

《抱朴子》说：“服云母十年，云气常覆其上。服其母以致其子，理自然也。”是说云之母子深情，儿子依恋母亲，人服用了云母之后，云气就会覆盖在人的头顶上，人体内有云母，云就会紧紧跟随。因而，我们站在高处，比如爬到一座很高的山头上，就会伸手在空气里抓一把，想象着已经捉到了云母，迅速吃下去，便可以带着云下山了，飞快地跑到田野里，跑到树林里，跑到村庄里，倘若碰巧遇着一场雨，即使是很小的微雨，也对云母的传说信以为真了。这传说，村人是信服的，每逢干旱，大家便不辞辛劳登高捉云，又总能圆满地遇着一场雨，有时大，有时小，有时是十天半月以后的事了，却同样能够得到安慰。

那时，我们想要的东西都需要自己动手做，像风筝、弹弓、陀螺一类的小玩意，扇子、扫帚、书包一类的日用品，或者用钩针钩衣服，在单调的衣服上绣花。小孩子总是有意将衣服钩破，缠着大人将破洞的地方缝成一朵云形。我爱那云形，穿着缝过的衣服，日夜都不舍得换。

到后来，读书时对与云相关的话也格外留心。“金灶初开火，仙桃正发花。童颜若可驻，何惜醉流霞。”流霞在孟浩然笔下化作了神仙喝的酒，童颜可驻，且当一醉方休。“花开日日去看花，迟日犹嫌影易斜。莫问会稽山外事，但将歌管醉流霞。”曾巩的诗，将流霞当作凡间的酒，也是很好的。而李商隐想象着：“紫府仙人号宝灯，云浆未饮结成冰。如何雪月交光夜，更在瑶台十二层。”云浆饮慢了，就结成了冰，更是一片奇幻瑰丽，回味无穷。古人素爱酒，文人尤甚，怀着古典浪漫主义情怀，对云毕竟敏感，杯中酒香，酒映云影，饮者已有微醉之意了。虽然天高云阔，映入杯中的不必是云，兴许是一只飞鸿，或一弯新月也无不可。

去年冬天离乡时，正是大清早，累日不曾化去的积雪覆着山野，望去白茫茫一片，冰雪覆盖着大道，雪地里留下深深的两道车轮驰过的痕迹。天空上仍旧飘着成片成片的云，浓淡相涌。我默不作声立在村口，四周一片沉寂，仰头长望，白云蔼蔼，心中满溢着温柔的不舍。一面希望时间停下来，哪怕只是慢一点也好，一面想起读小学时的清早，和小伙伴一起穿过这样覆着积雪的路，追逐一片云。晨光照到云层上，形成了霞，红彤彤一片，落了一夜的大雪丰茂柔软，挂在电线上，无限延长。我们惊叹火红的云霞，大声讲着话，风吹过电线，雪屑簌簌扑下来，落进脖子里，凉得我们倒吸一口气，把眼睛都闭上了。跑着喊着，到了学校再回头看，积雪还在，彩霞却变作了云的模样，无涯际的白，漫向天际。

夏云冬云皆好，它们都是羁旅之人对家园的情谊，这情谊其实是一种恒久的爱恋，一种哪怕情人就在眼前也遏制不住思念的情感。于有心人而言，万物都能情深，又和天空的云有什么关系呢？它们不过是几朵自生自灭的野云罢了。

小孩子总是有意将衣服钩破，缠着大人将破洞的地方缝成一朵云形。我爱那云形，穿着缝过的衣服，日夜都不舍得换。

——《读夏》

# 秋分

秋分刚过，这个周末，青青要飞去德国读博，她的父母亲因为送行去了北京。周五早上六点多，青青接到了家人，在学校附近的旅馆落脚。不足八平方米的房间，摆放着两张一米宽的木板床，被褥散发着汗腥味，房间没有窗户，整日开着的白炽灯，透出橘色光芒。妈妈对气味敏感，刚在床上坐下，身上便开始痒起来，她忍耐着，不愿意打扰孩子的兴致。青青并未发觉，拿出护照给他们看，又欢快地表述城市里的各种趣事，妈妈捧起护照，仔细端详，心里充满了骄傲，渐渐忘记了身体的不适。

外面风很大，呜呜作响。秋天的大风是家人经验以外的事，妈妈以为是火车经过带出的声响。有经验的爸爸笑着说，是风声，风正从房侧的小路经过。这样的小路在高楼大厦之间形成了通风口，声音显得格外响。这样呼呼有声的风，是家乡将要落雪的冬天才会有的，那时候的夜里，妈妈曾被吵醒过，不能入眠。风停息的光景，也能透过窗听到村庄沉睡的声音和夜色里鸟雀取暖的动静。

大风的傍晚，青青起意去北大瞧一瞧，那所学校，是爸妈最盼望她读的，然而，将要读博士，这样的心愿，青青仍未给予满足，她心中产生了遗憾的情绪。天色晴朗，风却很大，一路上尘灰扑面，路边的杨树叶子披着一层青黄渐灰的色彩，枝梢在风中摇摆不定，阳光落在上面，似在跳跃。步行一刻钟便到了北大，校园里风小一些，秋光流泻。游览的人格外多，他们不能找到一片空静的角落，相机的镜头里，也都是陌生的人影。这样向前，并不能引起兴致，直到未名湖边，才看见山桃一树一树秋色，清丽而灿烂。山桃的名字，还是照着手中的一本《燕园草木》才认出来，若是春天桃花盛开的时节，景致要更好看些。如今秋至，桃叶一片片隐约的黄，呈现出将要零落之意，不免让人伤怀。许多垂柳和山桃在湖边高低错落，垂柳形体高大，枝干虬伸有姿，低垂下来的柳枝子，顺着风朝向一个方向飘起又荡下，划成说不出的温柔弧度，仿若流风的形状。

黄昏光色浓酽，一树山桃逆光欹斜到湖面，像画里的美人一般。坐着看了一会儿，天色渐渐暗下来，校园也渐渐安静，几只绿头鸭聚在水边，伸长脖子呷水，四下寻找吃食。爸爸扔出一小瓣橘子，它们飞快地游过来，争相啄起，分到一点，就着清水吞咽下肚，又去争抢另一瓣。如此，吞下一整颗橘子。张望了片刻，料到再无吃食，嘎叫着游向远方。

“原来绿头鸭还喜欢吃橘子呢。”青青说。

妈妈说：“家里养的那几只，整天不见水，只吃饲料，都成了旱鸭。”

“老家还是经常干旱吗？”

“家里的麦子才种到田里，已经一个月没有下雨了。”

“过几天再没有雨就抗旱，浇地的机器都准备好了。”爸爸在出门前，已经将抽水机和水管卷从仓库移出来，认真整修，停放在院子里。

回去的路上，青青看见一栋红砖的旧楼前，独有一株洋槐树孤单地站着，树枝上结出许多豆荚样子的果实。她和爸妈从路灯下走过，身影和洋槐的树影叠交在一起，如同少年时代，爸妈牵着她的手，走在夜晚回家的路上。那时爸妈的身形是敏捷健壮的，也有着年轻美好的面容，如今握在手里的妈妈的手，已有了老树的纹路，她的心里仿佛有忍不住流泪之意。路边谁家的窗户里飘出小葱炖鱼的香气，太浓了，绕在鼻尖，像滚滚而来的秋天。也有一家店铺大声播放着音乐，在街市里荡悠，他们踩过《最炫民族风》的调调，天完全黑时抵达住处。

爸爸接过《燕园草木》，仔细翻过。妈妈也坐在一旁，不时说出一种植物的名字，回忆着刚刚路过的地点以及它们秋天的模样，又不免感慨：“北大有这么多植物，多到可以编写一本植物图谱的书。”爸爸说：“最难能可贵的是他们有这样的心。”家乡的小学校里，每到开春，都会将野生的草木锄掉，栽种上一种四季常青的草，修剪成韭菜一般，总蒙着一层墨绿的灰尘，人为的工整却了无生机。今年又将许多花坛移除掉，规划着建设新的教学楼，连大树都没剩下几棵。想到这些，一家三口心里便寂寞起来。

姥爷的电话打过来，他又和姥姥产生了矛盾，絮絮着不愿意吃晚饭。妈妈的劝慰，像是在哄幼小的孩童一般，劝说着解决了争执，终于挂掉电话。在青青的记忆里，姥姥和姥爷之间的闲话特别少，大概因为姥姥是童养媳，两个人出于无奈才结合在一起，素日里并不像别家夫妻那样亲密。

有一段时间妈妈生病在县城住了医院，她要到姥姥家生活。姥爷喜欢结交人，有几个关系不错的朋友，虽然家里并不富裕，却动不动要请人到家里喝酒。姥姥因此要在灶台边忙活，青青也总被使唤得跑来跑去，到小货铺里买酒买烟，在两房之间端饭端碗、拿筷子。姥爷是爱喝酒的，他在酒桌上有陶然忘机的本事，哪怕田里再多农活，他也不紧不慢陪客人到日头偏西。姥姥和青青常常已经从田里回来了，仍能看见喝酒的人东倒西歪地散在堂屋里，桌子上杯盘狼藉，那时姥姥总会抱怨说："净交些狐朋狗友，不做正事。"她是爱干净的人，抱怨之后，仍会归整好屋子，烧好开水，泡上茶，等客人醒过来。又在灶前忙活晚饭，多半是清淡的粥和几碟爽口养胃的小菜。在这些朋友里，有个周姓的人家，青青总唤作"喜月的爷爷"，青青还是格外欢迎的。

周姓人家住在十里路以外的周村里面，站在姥姥家村口向东望去，一重一重隐隐的青山影下，就是周村。青青曾被姥爷带去过他家，顺着大路在自行车上颠一个多小时，再拐一道长长的弯，三面环抱的山下平地里，种植着庄稼，形成一个村落。进村了，周家住在村口大道的右侧，大门外生长着一棵高大的梨子树。正是夏秋时节，这棵梨树上结着本地一种青皮梨，青青从树下走过，仰头瞧见树枝被大小的梨压得弯下来，有些嘴馋。周家的女人，个子矮矮的，皮肤出奇地白，那样爱笑，她将青青一把抱在怀里，响笑着亲青青的脸，青青想着梨子的事，并不搭理她的热情。姥爷却说："放她下来吧，太沉了。"她便呼唤一个"喜月"的名字，小男孩从堂屋里出来，脸圆圆的，很可人。他拉着青青的手，说："走，咱俩够梨子去。"他们到墙边将一根长长的竹竿放倒，两个小孩一人拿一边，抬到树下。竹竿并不重，只是长一些，不好掌控，总是还没碰到梨子，便重重侧到地上。他们却玩得格外有兴趣，每次看到竹竿倒下去，就一起跑开，哈哈大笑，惹来许多邻家的小孩子，加入一起玩。周家女人出来引他们吃饭的时候，他们已经大汗淋漓，脸上和身上沾着泥土，在衣服上轻拍一下能飞起许多灰尘。

青青喜欢喜月的爷爷奶奶，他们很和气，身上有一种庄稼人笃定祥和的踏实，使人见了不禁欢喜。在他家，饭菜很丰富，姥爷喝酒也不会喝多。青青好奇小桌子上摆的梨子是什么时候摘下来的，洗得水润润的，摆在果盘子里。喜月坐在青青旁边，小大人一样夹炖好的小公鸡肉给她，又帮她将塑料吸管刺破娃哈哈的封口。青青有过年一般的快乐，大口地吃饭，将娃哈哈吸得呼呼作响。小孩子吃饭快，三两口便饱了，喜月说："奶奶，我带青青去学骑车吧。"得到许可，两个人欢快地冲到门外，喜月推出一辆红色的小自行车。

那时候，乡下人管自行车叫"洋车子"或"脚踏车"，一般一户人家只有一辆，车多是男人骑的，前面有大杠，很高，漆成黑色的，车后钉着一只金色的凤凰标志。青青从来没有见过红色鲜艳的小车子，这给了她额外的快乐。她常看见年龄大一点的小孩，在村道上学骑脚踏车，都是用高大的凤凰牌车子在学，那种大车太重，大杠太高，小孩根本迈不过腿去。只好把脚穿过大杠下的三角空当，斜跨在车上骑，往往不能蹬一圈，只能半圈半圈咯噔咯噔地骑。

周家的自行车在乡下很难见到，没有大杠，喜月扶在后面，青青鼓起勇气骑上去。车子稳当当向前，不再像别的孩子那样蹬不了一圈，她的心里兴奋得发颤，一直往前踩啊踩。马路两边全是将要收获的玉米田，刚下过雨，玉米叶子还湿漉漉的。速度太快，喜月跟不上，喘着气在后面跑，青青并不知道他已经撒了手，正得意间，岔路上忽然拐出一辆车，迎面跑过来，青青吓得腿脚发抖，慌慌张张与那辆车错身而过，便一头钻到田里去了。糊了一身土泥，车子的龙头也歪了，她站起，没有看到喜月，距离村子也已经很远了，害怕极了。等喜月赶到，青青不由分说，抡起拳头朝他打起来。回到家，大人们只将前轮夹住，两手抓住车把，左右一正，车子就修好了。那之后，青青忽然就学会了骑车，她常常推着姥爷的大车子到大路上，来来回回，虽然一条腿始终在地上蹬，但见到障碍物，她也知道绕过去，不再胆怯和慌张。

青青初二时，去县城高中参加竞赛考试，遇到已经长成大男孩的喜月，他已经读到了高三。初三那一年，青青收到喜月从北京寄来的信，他的字写在彩色信纸上，很好看。那时候，乡里的学校还没有流行彩色信纸，青青找遍了全部的文具商店都没有买到。回到班上，看到女同学正在传阅着看的，正是她向往的那种纸，一沓二十张，粉红色的花纹，印着卡通人物，也有几张印着红色心形的气球。她才知道乡里的新华书店里有零售。那天下午放学，她骑着自行车去买，趴在棕色的木柜台边问：“有彩色的信纸吗？” 售货阿姨说：“有，一块五一本。”价钱很贵，然而青青拿几种图案对比之后，毫不犹豫地买了一本。出了店门，将要跨上自行车时，班上的一个男同学走过来，看到她放在车筐里的信纸，扑哧一声笑了，说，肯定是用来写情书的。青青脸一热，红着脸骑上车回家了。正是初夏时节，青青的自行车蹬得飞快，回到家，背上都滋出汗来了。大概是情书这样的字眼给了她勇气，她在信里小心客气地说着关于功课及未来的话，也在那时，她生出要去北京读书的理想。

周家人每年都要来姥姥家几次，年节边，拎的都是一般拜年的东西，有果品、两瓶酒、桃子或苹果罐头一类的。端午和中秋，常是自家做的白粽子或月饼、咸鸭蛋。收割季节，又常常带些山里面产的东西——板栗子、柿子、干笋子，还有黄花菜什么的，姥姥家也拎相似的东西过去。这样的情谊持续了多年，后来，喜月的爷爷生病死掉了，姥爷再没有去过周村。青青仍旧和喜月联系着，一起在北京读大学，又一起做着出国的打算。姥爷的卧房里还一直挂着和周姓人家的合影，不经意间抬头便能看见两家人旧时交好的情形。

几日前，青青从留学服务中心领回了机票，航班起飞在周日凌晨一点多。爸爸帮忙收拾好行李之后，天未黑便到了机场。妈妈说要仔细看看飞机起飞降落的样子，她是第一次见到飞机。自黄昏至深夜，他们坐在首都机场出发大厅的柱子下面，相偎着看一架飞机起飞，一架飞机降落。近一点时，月亮滚圆，爸妈站在安检入口外面不肯离去，青青的眼睛酸涩得厉害，遂扭头看向远处，仿佛看到了家乡笼罩在黄昏霞光中的村庄和绿意葱茏的农田。飞机起飞后，机场出发大厅变得更加空旷，爸爸揽着妈妈的肩膀，站在空旷的机场大厅，潸然落下泪来。

那晚，爸妈在机场待到天亮，又在早上七点多，坐上了回乡的火车。天是晴蓝晴蓝的，风把它刮得连一丝云都没有，路边白蜡树的叶子大部分都黄了，霞光穿过，望去则如通透一般，连同旁边褐黄的杨树也一同浸在温柔的光照里，愈发斑斓。妈妈自言自语："秋天到树上了"，爸却在计算青青抵达斯图加特的时间。一位年轻的妈妈牵着刚会说话的孩子，在火车经过的路边等车。小女孩手里拿着一朵牵牛花，花是很纯粹的蓝色，像洗旧的衣裳，也像蓝墨水，她不时伸出食指轻轻戳一戳，她的手很小，走路的步子也很小。妈妈对爸爸说，"你看那孩子和青青多像"。爸爸望过去，他看着小女孩颤颤巍巍地迈开步子，一时间有说不出的担心。然而，想到Stuttgart这个他生平记下的第一个英语单词，心间便生出了如同明亮的朝霞般的，温柔且甜蜜的牵挂。

# 中秋

## 五仁月饼

青青撑着伞从市场回来，已是中午，她在厨房里洗菜切菜的时候，雨开始大起来，斜斜划过窗子落在挡篷上，发出干脆利落的声响。菜将炒好，妈妈的电话打进来，就要中秋了，妈妈问吃了月饼没有。青青说已经买回来了，放在冰箱里，要在八月十五那天看到月亮再吃。这是自小养成的习惯。

少时，一家人坐在中庭的桂树下，围着一张桌子，聊着天，随手掰开月饼，就着茶吃下去，中天的月亮，显得格外亲。爷爷、爸爸和二叔，也会酌上一壶酒，倒在白色的小瓷杯里，偶尔碰一下，仰头一饮而尽。空气里弥漫着酒水的味道，还有新收的玉米、大豆、芝麻这些庄稼的清香。而桂花盛开的香气，显得更热烈些，青青和小堂弟总是问，这月饼是不是桂花味的呀，这样香。那香，是被桂树传染的，甜在心里头。

进城读书之后，家里再也没有那样好的团聚，每到中秋，学校便有两三天的假期，青青坐车从县城赶回家，和妈妈冷清地坐在桂树下吃月饼。爷爷奶奶已在镇子上的一所学校里谋了看守校门的营生，爸爸和二叔都去了发达的沿海城市，靠出卖劳动力挣养家糊口的钱。总要通过电话联络，问一些和过节相关的话，和爸爸讲话时，妈妈的眼眶一度湿润，将要流下眼泪的样子，声音有断断续续的哽咽。四下里格外安静，空气也冷冷的，中秋时节，田野里已经下雾了，湿气聚在一起，积攒成露珠，沾在草木枝叶上。青青总是想，爸爸的那个城市，月亮是不是也这样圆通通的，书上说像玉盘，青青并没有见过真正的玉盘，反而是桌子上盛放月饼的白瓷盘子，一样的白亮，也圆得周整，更像月亮一些。

大学之前的几年光景，妈妈也去了爸爸的城市，中秋的院子里，只剩下青青和年幼的弟弟了。月亮亮通通地镶在房顶后面，院子里堆着熟透的玉米穗子，玉米之间留着一条小路，从院门延伸到房门。青青和弟弟坐在西窗下的竹子床上，听着某处蟋蟀吱吱的叫声，仰着脸看天，邻居家的饭菜香和团聚的味道，翻过院墙飘过来。青青和弟弟在天黑之前，已经吃过了晚饭。弟弟并不爱吃甜食，晚饭也吃得饱，却不停地问，奶奶什么时候把月饼拿过来。奶奶的月饼，是用面粉、白糖和新收的作物，在镇子上的月饼铺子手工制作的，在弟弟看来，味道自然是最佳的。青青起身，穿过玉米堆，到院门张望，有几只狗在村道上悠闲地溜达，奶奶来的方向，没有灯光，也不见人影。她折回去，对弟弟说，回屋看电视吧，中秋晚会就要开始了。院门吱呀响了，奶奶带着二叔家的小堂弟走进来，还领进来谁家的一条黄狗，院子里一下子热闹起来。

在自家院子里，啃着三块钱一块的五仁月饼，家人团聚的好时光，似乎再也没有了。她在电话里问妈妈，五仁是哪五仁。妈妈说，有桃仁、杏仁、花生仁、葵花仁和芝麻仁。青青说，买回来的月饼里也有五仁的，但好像没有从前好吃了，虽然随便买一块都那么贵。

## 村雨

秋雨还在继续，急一阵缓一阵，这样断断续续，天就要黑时，忽然大了起来。小区后面的地桥下，又积了许多水，车辆通行不得，不停地响喇叭。青青在网上看到夏天时节，雨中城市的照片，道路如河道般积满了水，汽车浸在其中，有人困在里面，白白丢掉了性命。也有公交车，陷在低洼处，人们争相通过车窗向外游。这样的雨水，不像青青记忆里洁净，只是普通的大雨，落在城市里，却隐藏着不为人知的凶险。

从前的雨并不是这样的，夏秋时节，这样的大雨，要落落停停好几天。整日落雨的黄昏，气温降下来，连蚊子都冻得痴了，伏在白色的帐子里，一动不动。青青将桌子和小板凳挪到门口边，一边写作业，一边看着雨气。房檐上的水一滴两滴掉下来，落在地上相同的地方，一个水花溅起灭掉，又一个水花起来，往复着。妈妈拿出水桶，放在厨房的屋檐下接天落水。将收集的水倒到水缸里，日后煮茶。爸爸从外面回来时，也会倒半桶水冲冲脚上沾的泥土。公鸡的花冠和尾羽被雨淋湿，狼狈的样子，躲在一群咯咯下蛋的母鸡窝里，缩着头，尽可能离雨水远一点，然而，它又表现着骄傲的姿态，有母鸡靠近，会发出咯咯吱的叫声，看起来又可怜又可笑。潮气扑进屋子里，连村狗也有点痴了，卧在屋檐下，茫然地望着雨中的一片天。村庄里下得都起烟了，一层青色的雾气缠绕在树叶间。

雨落了一夜，无人经过的黄泥地上浊水横流，流着流着，表层的黄泥冲走沉淀之后，水变得澄清。像地图册上纵横交错的地图，黄色雨水冲出细小白色的沟沟壑壑，最终指向一切低洼的水沟、水塘。第二天，雨势变小了，只有微微的细雨，村里的坑坑洼洼都积满了水。涨了近一米的样子，与地面平行。坑水痴浑，像吃得太多的人，迟缓凝滞，需要更多的时间，慢慢消化澄清。绿皮青蛙从浑水中伸出头，细长舌头飞快勾一下，勾到一只慢慢飞的蚊子，吞下去，鼓鼓嘴呱呱叫几声。烟囱迟疑地冒出细弱青烟，瓦盖得不好的地方，雨水顺势灌下去，把锅洞打湿了。灶前的柴火湿了半截，连搁在锅台上的火柴也沾了潮气，一擦擦掉好几根。妈妈只好取出几本破旧的书引火，慢慢将湿柴烘干，噼噼啪啪烧起来了。

吃过早饭，青青拿着伞去上学。那时候的雨伞多是黑色的或黄色的，厚厚的布，竹做的伞柄。青青的伞因为长时间不用，伞布上已经有了老鼠咬下的洞。在村口遇见晓丽和春花，因为贪玩，上课的铃声还没有敲响，她们就停在谁家的田边，将胶鞋脱掉，学男孩子的样子，将裤腿卷得高高的，在水里泥里用脚踩土堆，土堆周围的地面洼下去，四周的水很快聚过来，漫到小腿处，凉凉的，沙泥裹在腿上，竟然那样舒服。雨又大起来，她们撑好伞，一手拿着胶鞋，赤着脚往学校跑。上课时在桌子下面，偷偷把沾满黄泥的脚，伸得很直很直，脚上粘的薄泥渐渐干作沙沙一层，贴在皮肤的纹理中略略收紧，她心里充满了胆怯的欢喜，一面担心被老师看见，一面又担心被男同学看到。老师走过来，则迅速把脚收回去，装作很认真的样子，低着头写字。

次日清晨，天依旧暗，雨却住了。青青在小区里，见到男孩子捡拾地上被雨水冲断的树枝，一下一下去打积水坑，呼朋引伴。偶有汽车从水面破过去，咣出湿漉漉的声响，水花溅得老高，像雨一下子大了好几倍。小孩子哄的一下四处逃散，尖叫着，天色却亮起来，好像是他们的叫声穿破了云层，将太阳光引了出来。

## 桑蚕

这雨声，也像蚕吃桑叶的声音。从前在家过完寒假，青青坐在平驰的火车上回北京念书，沿窗看飞驰而往的风景，畈田里常见桑树。新年刚过，桑树只有光溜溜的枝干和褐色的树皮，和别的许多树站在一起，平淡无奇。然而，桑树的一部分树干是被修剪过的，整整齐齐排在垄上，像古装电影里的越女。青青看过越女舞剑的样子，她们矮身举剑的姿态，在青青的脑海里产生了联想，因而对这成排整齐的桑树，更加深了印象。为这点联想，平常的桑枝也为青青所钟爱，她用相机拍照作为念想，总翻出来反复地看。

时间往前推二十年，养蚕是青青家的当季大业，爸爸先是从农科站买回蚕仔框，细仔模样的蚕种，黑沙粒一般附在厚纸之中，厚纸上绷着一层纱布。仿佛一夕之间， 青青只是睡了个懒觉，小细沙就变成了小小的幼蚕。青青因惧怕软身子的动物，对蚕也不能产生好感，只是见到妈妈在米筛上铺了干净的白纸，布上桑叶，听到蚕们沙沙啃食叶片的声音，也会感觉一丝甜美。

蚕成长的速度惊人，食量也大得厉害，爸爸一人采集的桑叶已不能将它们喂饱。妈妈带着青青，背着竹篓子到埂外的桑林里去，即使是在大晴天，她们也要穿着雨衣，戴上手套，提防毛虫叮咬。采桑叶是青青最不愿意做的事情，她常在青碧无瑕的桑叶背面，抓到面目可憎的毛辣虫，还有一种被妈妈称之为“桑尺蠖”的怪虫，尤其吓人，细长身子，呈褐色，爬行时背部成赵州桥一般的形状，高高拱起，一折一折向前进。每次遇到青青都忍不住尖叫，也因此从树上摔下来几次，之后，妈妈再也不让青青上树采叶了。她只需站在埂上帮妈妈做打零脚的活，诸如替妈妈提篓子之类的。她也在树下大声问，有没有见到“赵州桥”，这个名字，是青青给桑尺蠖取的别号。妈妈每次都应声说，没有。因此，青青认定这种虫是与她有怨的，她一个人时，更不敢靠近桑树半步了。

桑叶背回家，清洗摊晾，再挨个铺到蚕身上。蚕有一种直截了当的吃相，心无旁骛，先找准突破口，再以顺时针方向，唰唰地啃出弧线，速度极快，周而复始。它们十分挑食，只吃叶肉，叶茎叶干是不吃的，吃饱之后，便直直躺着休息了，一副死相。有时候青青无法分辨蚕是不是还活着，只有通过蚕尾带着的墨绿色小球粪便，才能判断。剩下吃和睡两种生活状态的蚕，生长得愈发快了，莹白的肤色，身躯饱满，慵懒而从容。便在此时，青青生出了超前的恐惧心，每当拈起蚕检视时，她在心里一直打战，蚕在手心里，许多只脚微微蠕动，挠得人发毛，头发都要立起来了。妈妈却格外平静，一只一只检视，青青不自觉生出了崇拜的情愫来，认定妈妈是最勇敢的女子。

然而，当蚕已经成年，不几日即要吐丝结茧的时候，有同村人，暗以农药水喷洒在家里的桑叶上。毒桑叶下肚未久，大蚕纷纷吐出绿色汁液，瘫倒在米筛上，奄奄一息，连从农科院买回来的药品也不能挽回它们的性命。一家人束手无策，妈妈心痛得掉下泪来。一季殷勤照看，奋不顾身地采桑，妈妈与蚕结成了休戚与共的联盟，即使对蚕虫惧怕十分的青青也不例外，忍不住落下了泪。所有艰辛，付诸东流，妈妈却并未放弃，从别村借来新鲜桑叶，认真淘洗晾晒，饲养幸存下来的大蚕，无日无夜，更加周到细心，支持尾期的忙碌。

备好蚕们结茧用的稻草结，把稻草剪平，束成小捆，居中扎紧，拗成小锥形状，立在簸箕中间。蚕会自己爬进去吐丝做茧，两三日的光景，这项辉煌的工程也完成了。原先青青所惧怕的小东西，已把自己化作虫蛹，封闭在椭圆的小室里了。草结之上，粘连着许多白蚕茧，于是全家上阵，一一摘下来，择日，爸爸将聚拢起来的蚕茧带到集市上的收蚕点去换钞票。养过了蚕，当青青再读到《诗经》中“维桑与梓，必恭敬止”的句子时，心里会不自觉地感叹：怎么总结得这样好呢！

## 桂香

在城市里，第一次闻到桂香的那天清晨，青青正骑自行车，穿过校园的小路，闻到了遥远如水的桂花香气。城市的桂树实在太少了，几乎见不到，又细瘦得可怜。那时，已近秋分，风更大一些，气温由凉转冷，是将要供应暖气的时节，气温降到十摄氏度以下，皮肤感到水分逐渐失去的干燥与缩栗。青青是因为乡下自家的院落里，种植了一棵高大的桂花树，才明白香花的可贵。

她对桂香有一种始自童年的好感，前年中秋回故乡时，夜读萧丽红《白水湖春梦》，久不平静，走到窗前站一会儿。明月朗照，听不到声息的桂花香飘过来，浑浊的童年旧影，便穿云破雾涌到眼前，乡土之思里头桂树的身影，在她的心里像暖了一壶酒。

约摸九岁那年，青青随班级秋游归来，怀抱一捧山上折的桂花，回到家。妈妈在学校教书，还没有下学回来，因为没有钥匙，她无所事事，抱花立在院门外，看看花，看看落日，桂花的颜色像端午时吃的咸鸭蛋黄，夕阳是暖红色，两种颜色在眼前一点点淡下去了。她闻着香气，等着妈妈归来的脚步，屋里书桌上的《柳公权书金刚经》在等待着她，爸爸送的练字的新墨也十分好闻，她等着把这捧花供养到书桌上，将房间里布满香气。练字时，也格外有精神，那晚，她练到手臂酸了，还在灯下继续写。

院子里的丹桂树下，青青还做过许多事情，跳绳、跳皮筋，最多的大约是坐在小板凳上写作业和择菜。树下有许多阴凉，青青和妈妈在桂树和屋檐共同的阴影下给瓜果削皮。青青也因为汉字的注音，分不清S和Sh，而在树下挨过妈妈的巴掌，边哭边拼写S-i四，S-h-i十，拼好之后，拿着从田地里扯回来的红薯梗子，将叶子一片一片撕下去，当作跳绳前前后后地跳起来。小孩子时，青青觉得红薯梗、豌豆须似的卷曲很好看，喜欢将它折成一截一截的，留薄薄的皮连接着，当成耳坠挂到耳朵上。青青最擅长做耳坠，别的小朋友在场时，她骄傲熟练地做一些赠给她们。只消撕去梗子上的一绺皮，间隔地掐去半寸长的一部分，留下一小段一小段连着未撕皮的梗节。长一点的，她会挂到妈妈的耳朵上，甜甜地说，妈妈真好看，像仙女一样。这样，汉字拼音上的错误，她能少挨到巴掌。

青青也喜爱坐在树下面剥豆子。中秋之前，青豆子是家里最常见的菜。清早，妈妈拿镰刀从田里割一抱回来，晌午或午后青青就把小板凳放倒，坐在凳沿上剥豆子，豆子剥出来一粒一粒丢在白瓷碟子里。豆叶子毛毛的，弄到手上，会痒痒半天。剥完的豆秧子，叶子多的会拿给羊咂嘴，叶子少的则放在明亮处晒太阳，母鸡们对青豆味好奇，跑过去东啄一口西啄一口，往往不能啄到实在的吃食，悻悻离开，心里想，这东西气味很好，却并不好吃。豆秆晒干之后，妈妈把它们扎成一把把的小把子，码在灶前，烧锅时引火，空豆荚在火里发出噼噼啪啪的声响，让人心里欢喜。青青最爱吃的是豆子烧鸡骨，豆子的清味传递给鸡骨，鸡骨的油浸香了豆子，炖得烂烂的，这时候，青青总能多吃一碗饭，实在吃不下去了，才放下碗。

大学时，学校生物楼后的花园里，并立着两棵桂树，一株丹桂，一株金桂，香气浓郁。青青闻香停下车子，站到树下，桂树枝叶茂盛，被风一吹便软歪歪倒向一边。阳光和暖，微型芒果一样的桂子挂在枝叶间，一些掉在地上，呈现着深紫色，青青捡起几颗放在车筐里，同学们见了都不知晓它是谁的果实。几日之后，再从桂树下经过，桂子已经落在地上一层，没有人去打扫，它们渐渐缩成皱巴巴的样子，有人从上面踩过，烂作黏嗒嗒的一片，黑紫色，零落得可怜。只是桂花香味还在，入冬许久才渐渐散去。

家中院里的那棵桂树，已生长到房檐以上，树干粗壮。桂花每年在星空和露水下无拘无束地开放，眼下中秋，正是花开得最好的时节。妈妈说，桂树下落了一层细花瓣，不几日，香气消尽，就又是一年过去了。

日月往复，青山走遍。年年秋天这样的花香四野，丰收团聚，都是好的。家园里的喜乐和哀愁，青青都记得清楚，也格外珍视。她最想念的，不过是家中那棵飘香的桂树，以及一家人坐在树下喝茶吃月饼，聊着家事的情景。这么多年过去了，爷爷、爸爸和二叔碰杯饮酒的声响，似乎并没有消去，那场酒也一直喝到了现在。

## 晚秋

立冬已去数日，津城的天气仍旧晴好。屋子里早早来了暖气，并不冷，每天早晚和背阳的午后，遇着风，才稍稍凉一些。我于是疑心还在深秋里，树叶都还没有凋尽，天空没有一丝云，高远明净的蓝，教人惊叹。空气也变好了似的，偶尔盘旋的薄雾霾，总在一夜西风之后消散殆尽，又变成风轻云淡的好天气。

我因此常在周末，推掉手边的事情，去街边走走。租住的楼里，有位老太太，是我在小区最常遇见的人，她经常穿着的毛衣和裙子，尤为整洁优雅，衣裙看上去是手工裁制的，样式复古，有年代感的美。她在一片临墙的空地上，种了花草和蔬果。有时清晨上班路过，见她穿着旧牛仔的劳动服，戴着线织手套，低头打理菜园，晨光照到她肩上的时候，很美。我总忍不住要多瞧两眼，被她发现后，又假装在看花。园子栅栏边刚好有一片牵牛花正开得好，我认得那是一种裂叶牵牛，紫红色的花瓣有天鹅绒一样的质感，并有着昂扬的生命力，早晨或晚间，只要空气和湿度合适，它就会繁盛地开出花来，很是壮阔。久了，她便以为我真的只是爱花才停下脚步的。

有一天下班，天还未黑尽，路过园子，她正在采摘牵牛花的种子，看到我，她说："小姑娘，你不是喜爱这花吗？我送一些种子给你。"

我受宠若惊，赶紧说："阿姨，我自己摘好了。"

"那你过里面来吧，外面太少了。"她很热情，指着园子里一株山桃树说，"花藤都缠在树上了，那里结得比较密。"

栅栏只有一尺来高，我抬脚迈进去，听到她的笑声："花种子可以随便收。"

我于是毫不客气地前后收集了不下二百颗种子。之后，我们便熟识了。有时遇上，也会聊上几句，她说"木芙蓉今天开了第三十一朵了，每一朵都不一样"或者"我屋里养的君子兰早上开花了，三年了，第一次开，你有时间来家瞧瞧"，又或者是"调皮的小孩又摘走两颗没长成的青葫芦，连秧子都扯断了，太可惜了"，都是一些平淡岁月里的闲事。而我能聊的话却很少，木木地站着应声。我太缺少城市生活经验了，对我来说工作是天大的事，除外便是读书。因而见晚秋将尽，便跟她讲《源氏物语》里关于篝火取暖的片段：

"凉气四溢的湖边，亭亭如盖的卫矛树底下，疏疏朗朗地点着松明，离开窗前稍远，室内不受热气。那火光显得很凉爽，照在玉鬘身上，姿态异常艳丽。"

她却起了兴致，抚了抚发髻，道了句："平安朝的人连取暖都这样美。"

有一个周末，下起雨来。我租住的地方没有冰箱，无法储存食物，宅到黄昏，零食已吃得七七八八了，仍旧觉得饿，想吃热腾腾的饭。于是决心下楼去买菜。菜场在一条街外的十字路口，我没有带伞，走出楼道的时候才发现雨脚很大。身上的单衣用不了多久就会被淋得湿透，又不想折回宿舍。正愁苦，看见路旁一户人家里摆着菜摊，有人从里面走出来，拎着装菜的塑料袋。我跑进去，挑了几颗西红柿、两颗土豆、一把青菜。结账的时候，才发现是喜爱的那个阿姨，她看到我，笑着说："没带伞啊？"我点点头，竟为自己买的菜太少而难为情。她关切而殷勤地给我的菜称重计价，"五块三，给五块钱好了"。临了，用一种异常亲切的声调对跨出门槛的我说："拿我的伞回去吧，雨大。"站在她旁边的男人递过来一把黑伞，我没有接，说："就两步路，转个弯就跑回去了，淋不着。"

她家菜摊的生意并不好，我常常看到给我递伞的男人坐在电子秤前，低着头玩手机，手机屏幕反射的蓝光照着他全神贯注的脸，好像客人到谁家买菜都一样，外面繁杂的人事全然与他无关似的。有时，听到老太太在屋里喊他："一子，吗呢？"他并不打算进屋，也不关手机，眼睛仍旧盯在屏幕上，站起来应一声："吗事？"屋里没有回声，他便仍旧坐下，接着玩游戏。有时，一两个老太太挎着篮子从菜场回来，好像忘记买什么东西，见他坐在门口，问道："香菜有没有？"他猛地站起身，大声说"有，有，进来瞧，进来瞧"。他异常的热情常常将人吓一跳，了解他个性的熟人才敢走进去，倘若是生分一点的人，必然会转过头走掉。

我第二次去店里，一子也是那样坐在门边玩游戏，眼睛的余光看到我，猛地站起来，嘿嘿笑着说“妈，小姐姐来买菜了”。我倒吸一口气，壮着胆子走进去挑菜。老太太仍旧干干净净坐在方凳子上，戴着老花镜在做手工，旁边更矮一点的凳子上放着装针线、布头、剪刀的小簸箕，食指上戴着顶针。

我对她说：“原来他是您的儿子啊，我以为……”

她放下手里的活计，说：“他小时候发烧没好好看医生，留下了后遗症。”

“我看着他挺小的，还以为是您孙子之类的呢。”我说。

“是啊，他不大，才三十五岁，他还有个姐姐，嫁出去了。”

我一边拿菜，一边有一句没一句地和她聊着。一子站在旁边，不停地笑。我问他：“每天在玩什么游戏呀？那么认真。”

“好玩。有太阳，有花，有南瓜，还有一大群僵尸。”

“植物大战僵尸，是吧？我也玩。”

“太好了太好了，你帮我瞧瞧吧，刚才好多僵尸，会跳着走，吓死我了。”他慌忙去打开手机。

老太太走过来，对他说：“小姐姐要回家做饭，你瞧，天要黑了。”

“好吧。”他有些不情愿，看到我在选土豆，竟有些兴奋，跑过来说，“有这个，有这个，厉害的大土豆。”

“那不是土豆，是坚果。”我说。

“是土豆，妈，你说是土豆。”他去拉老太太的袖子。

老太太轻轻摇了摇头，略有些无奈地说：“他现在还不知道什么叫坚果。”

“哦，对了，是土豆，是我好长时间没玩了，给忘了。”我连忙说。

他嘿嘿笑起来，好像得了莫大的胜利一样高兴。

那之后，他每次见到我，总会拉着我问游戏的事，小姐姐长小姐姐短地喊。我实在无暇应对，常常绕路走，有意要躲开他。但偶尔也会在别处碰到。小区外有一条小路，没有城管的时候，常常有卖菜和水果的小摊，也有赶着驴车过来的农民。应季的瓜果这里都能买得到，价钱往往不贵，菜却很新鲜。他们因陋就简，水果就堆放在三轮车的车斗里，青菜豆角一类倒在一张平铺的蛇皮袋子上，西红柿黄瓜则码在筐里。一块钱一堆青菜，九块钱一捆大葱，向晚时五块钱则能买到三根玉米棒子，或一堆花衣的冬枣，或一大把黄香蕉。隔不几天，会见到一两个老大爷，推着自行车，车后载着几盆开得正好的菊花月季之类的寻常花木，都是那么亲民的价格。

前几天，见到有人叫卖新鲜的葵花盘，青黄色，露着瓜子整齐排列的白屁股。盘面又圆又大，一个摞一个，堆放在硕大的红塑料桶里，一圈人围着在挑。工作的原因，让我对葵花有着出乎寻常的感情，试探着挤进去。实在是脸皮薄，不敢硬挤，费了一番周折，正准备放弃，听到一子的声音：“小姐姐，小姐姐，我帮你。”他一个健步冲进去，将人群冲出一块空缺。那时，几乎所有人的目光都投射过来，我一时失语，又难为情得很，拉起他就往外面走。

“谁让你帮我的。”

“他们欺负你，不让你进去。”

“没人欺负我，他们是在买东西。”

“你也买东西，买不着。”

“那也不让你帮我。”

“我让你买东西，想让你买东西。”

“不买了，我要去上班，你快回家吧。”

“我买，等着你。”

晚上下班，隔一条马路，看到他抱着一个葵花盘站在小区门口张望。我忽然心头一软，觉得异乡的黄昏可亲，觉得书上说的市井气息温暖。街边小店里煎饼果子的葱香味、炒菜的油烟味、糕点店的蛋香味、大糖堆的甜味，以及菜场飘来的鱼虾肉禽的腥膻味，都使人感觉亲切。还有一家栗子店，劣质的扩音喇叭播放着并不标准的普通话：“新出炉的糖炒栗子，新出炉的糖炒栗子……”声音没有着落，却吸引了路人的脚步。两个穿厚衣服的小孩子在路边玩。二楼的阳台上，一个女人在晾她的红色胸衣，水一滴一滴落在她的手臂上。馒头店里放着郭德纲的相声，说“一个人出去遛狗了，遛了半个小时，才发现狗没有牵出来”。还有一对情侣，立在卖油炸臭豆腐的玻璃柜前，看豆腐在沸油里翻腾，热油溅出来，老板娘微微侧一下身。人们各自忙碌。

“小姐姐，你回来了。”一子远远看到我，跑着将葵花递过来。我摘几颗瓜子剥开吃，有湿乎乎的水汽。花盘背面毛刺刺的小绒刺粘在他的红毛衣上，白白一片。

“都粘到身上了，痒不痒？”

他傻笑着摇头说：“不小心。”性格单纯得像个小孩子，我却很喜欢，他的性格里有一种别样的可爱，是惹人怜爱的。我偏爱这样的人，好像身体里的母性过于充沛，少年时玩在一起的，以及后来交好的，无一不是看起来沉默寡言却又温暖可爱的人。

“你知道这是什么吗？”

“是小姐姐要买的东西。”

“不是。这是太阳花，你在游戏里种的，可以生出很多太阳的那个。”

“真的吗？”他瞪大眼睛问我。

“你瞧。”我将花盘正面举向他。

“真是，真是啊。”他开心得几乎要跳起来。

我想这样的快乐，大概也只有“发烧留下后遗症”的成年人，才会有吧。

从前村子里，也有一个小时候生病没有治好的人，比一子要严重些，他几乎同时失去了语言能力，村里人喊他“哑巴”。按辈分算，我们应该喊他“叔叔”或“舅舅”，然大概是出于一种从众心理，我并没有正式称呼过他。确切地说，还有些怕，怕万一招惹到他，被他白白揍一顿，实在是吓人的事。他其实长得很俊气，眉清目秀，不说话的时候，眼睛清亮。他经年戴着乡下人家里常见的一种带帽檐的蓝布帽子，穿着磨得发白的旧军装，站在我们上学的路口放牛。见到大人经过，“哑哑”叫着打招呼。小孩子的我们心里怕极了，总是远远站着等有大人时，跟着过去。他兴许并不傻笨，放牛无趣时，也会给自己找点乐子，比如看到小孩子小心翼翼的眼神，他会脱掉一只鞋拿在手上，高高扬起，佯装要扔过去。小孩子则吓得哄的一下跑开了，哇哇哭叫，他便露出得意的神情，蹲下身穿鞋子，嘿嘿笑起来。

有次天近黑了，姥姥支使我去学校边的小卖铺买蜡烛。山下尽是高草，青茫茫浸在夕照里，蝉声蛙声四起，遥处树巅上的猫头鹰发出“咕——咕”的哑叫。山石嶙峋，山野窸窣，树影憧憧，叠映交加成千奇百怪的形状，四野空旷无人。我心里怕极了，一面跑起来，一面希望武侠小说里的“游侠”出现。然而，终于没见人影，我跌了一跤，抬头看到圆圆的月亮从东天上跳出来，天色暗了下来。这时，哑巴不知从哪里跑过来，“哑哑”着一把将我拉起。我哇的一声哭出来，喊了句“哑巴叔，我害怕”。他帮我拍着身上的土，“哑哑”指着往学校的路，好像在问：“要到那里去吗？”

我说：“我要去买蜡烛。”他拉着我的手往学校走去。一路上，我讲月亮里嫦娥的故事，对他说“你瞧，月亮走，我也走，月亮在跟着我们呢”。他抬头望向月亮，无声无息地笑着。此后在上学放学的路上遇着他，我总要跟他说几句话，“今天老师表扬我了”“明天我带好吃的给你”“晚上来我家吃饭吧，姥姥要包饺子”。他总是会很神奇地变出一把野山枣、一捧桑葚，或者一颗红柿子给我，然后笑着摸摸我的头发，竖起一个大拇指。

可是没有人能够看到他的好，他仍旧一天到晚喂牛放牛。有时他发起疯来，做出一些傻事，等他神志清醒过来，村里人便说来取笑，像看猴戏一样，看他歉然畏缩的神色和惊慌失措的表情。乡下人对于“哑巴”，总是很漠然的。

最初，他和哥嫂一起过生活。到我读初中时，他的哥哥生病去世了，不多久嫂子又带着孩子改嫁他乡，屋子里只剩下他一个人了。生活穷困不堪，他的衣服再不似从前一般整洁，人也似乎是真的疯了，村里夜半常常传出他敲击锅盆的声响。他终于是在一个落霜的晚秋，从房顶上摔下来，不治而亡了。我放假回村的午后，隔着大门，亲眼看到人们把浑身是血的他抬起来，放在卸下的木门板上。婶娘们悄悄拭着眼泪，说“哑巴终于解脱了”。我并不明白所谓解脱的含义，鼻子一酸，也像活着时候的他一样，说不出话来。

这些年来还只有我一个人，曾毕恭毕敬地喊过他一声“哑巴叔”。

到天津来之后，相交的人也只有身边的同事罢了，生活上的烦忧一时无处排遣，旧时写日记的习惯又被拾了起来。写也只能算是三天打鱼，两天晒网，简单地记一记与工作毫无挂碍的见闻。我有两本日记本，一本是从呼和浩特带过来的，印有单位LOGO的红皮记事本，还有一本是上次思贤来天津时送的，封面和内里都印有莲花图案，像本古籍的样子。两个本子，我分别记着所见的花木、天气、零星的一点人事。落霜了，紫薇花开始谢了，秋海棠也开始败了。夜里起身关窗户时，看到高天上的几点星子，月亮弯得像漂亮女人的眉毛。今天天气不错，天很蓝，云朵变幻莫测。购得了什么书，收发了什么信，遇着了有趣的路人。清晨在上班路上见到几个骑单车的女学生，梳着长长的马尾。单位门前的月季花开得粉扑扑的，想要偷偷摘一枝插在卧房里。六点半的时候，进城卖柿子的农人不见了，地面变得空荡荡的。天黑得早了，风变凉了，野猫能在哪里过冬啊。诸如此类，无关痛痒的闲笔，聊以安心。吃了好吃的东西，也要记一笔，食堂午饭蒸的大包子，和豆豆去的青年餐厅。饮食在平淡而又有些孤单的生活里，变得重要了。

少年在家乡读书的时候，写日记常被当作是语文作业。那时候，大人都会用毛笔，在新买回来的本子上写上孩子的名字。姥姥写的字娟秀又有力度，我觉得很好看，便格外珍惜。记日记时写很小的字，生怕字体大了，本子很快就用完，下一本姥姥不愿意帮我写名字了可怎么办。有一段时间，心里有了喜欢的男孩子，便在本子上记今天他穿了件黄毛衣，期中考试他考了多少分，他擦黑板的时候头发被风吹起来了，他妈妈帮他做了双新鞋，都是很不足为道的小事情，对产生好感的男生的白描。后来，不知什么时候，喜欢的那个男生在本子上回了几行字，我惊得脸红心跳，像做了极大的见不得人的勾当一般，用宽大的胶带纸将本子一层一层粘得严严实实的，存放起来，一度没有勇气面对。

那时的喜欢只能算是少女的情怀，适合默默放在心里吧。但是喜欢人这样的事，现在想起来也觉得是开心的。我少年时写的七八本日记里，值得翻看的，也只有这本了，其中的文字皆出于真心。另外的本子，不过是为了应付语文作业，写着一些言不由衷的句子。有时觉得，我们所受的语文教育，就是一个不断剥夺天性的过程。它要我们慢慢退化掉对自然、对人性、对生活的热情和敏锐，学着对自己不理解的事情发表看法，学着套用名人名言，学着写一篇八百字的议论文，学着起承转合。直到以后你读到一首完全没按逻辑写出的好诗，偶然看到从前被称之为“闲书”的好书，才知道，哦，原来文学应该是这个样子的啊！它不过是一种自然形成的东西，是从生活里生出的话，它不需要修饰加工，不需要提前设定中心思想和段落大意，更不需要套官话，摆大道理。我们小时候，逃学的事，偷西瓜的事，看武侠小说的事，和同学打架的事，还有被谁谁谁递情书的事，那么多，那么有趣。可是这些事情，自然是没有人敢写进日记里的。有一段时间，听到“明天你是否会想起，昨天你写的日记”这样的歌，总不免有些落寞了，昨天的日记，哪里有几句想写的话呢。就像珍爱的东西，丢失在不知道的地方，百般找却再也找不回来一般。

秋风吹来，路灯渐次亮起，白蜡树枯黄的叶片在风里纷纷扬扬，月亮悬在高天上。街面人声扰攘不绝。一子的妈妈站在窗下等他，她身前的花园里，除却大朵开着的秋菊和鸡冠花，这九秋时节，再没有其他盛开的花了。一刹那，我几乎是爱这对母子的，爱他们给我这个异乡人亲切持久的对待，爱一个母亲等待晚归孩子的心。于是，在寒冬未至的晚秋，我抱着一盘葵花回到住处，翻开日记本，珍重地记下等我下班的儿子和等儿子回家的母亲。

想着，等人这件小事，终究是让人动容的啊。

# 大雪

今年在天津过冬，冬天也来得晚很多。秋天实在太长了，从九月到十一月，将近三个月的时间里，每日的阳光灿烂，一寸寸将木叶涂红，又一片片零落干净，使人领略得畅快的同时又免不得担心。于这担心中，迎来没有变天的立冬，又迎来太阳很好的小雪节气，才终于叹一口气。听到清晨提着菜篮子的老人互相说：

“今儿又晴得倍儿好！”

“可不嘛，听说要降温了。”

“哪天？”

“说不好喽。”

“也该下雪了，天干上火，多不舒服。”

不多日，大雪节气竟是这般迅速地来临了，正好在周末。

清晨我慌忙跑到阳台上，期待见到雪压青松的情景。然而，听到楼下小广场传来的老人晨练的音乐，已略略有些失望了。拉开窗帘，又见到薄雾霾里东天那一线曙光，心里起了叹息，天津毕竟不是内蒙古高原，雪花总是要姗姗来迟的吧。

在二十四节气中，我最爱的，便是大雪了。倘若不是暖冬，这个时节的北方早已是一派千里冰封、万里雪飘的景象。老家尤甚，村落和田野已经覆盖在落了几夜的大雪里了，天地白茫茫一片，老远也不见一个人影。乡人大约都保有质朴自然的生活方式，他们对待雪也是一贯地听之任之，如同对待晴天阴天一样。因而像堆雪人这般高端洋气的事情，哪里会发生在年年瑞雪的乡下呢。那些雪如果不积在脚下行走的路上，它落在某个地方，便可静静地躺在那里，直到第二年开春，才化作一汪水沉到土里去。

只有上学下学的小孩子们，在路上实在无趣时，才玩起打雪仗的游戏，一边互相掷雪球，一边向学校或家跑去。天气是生脆的冷，滴水成冰，太阳很大，却像假的一样，清冽冽地挂在北风里，没有温度。连雪也被冻得坚硬起来，抓一把，要用嘴哈几口气，才敢团成一团。砸到棉衣上，往往“嘭”的一声。大人们总不放心，嘱咐出门的孩子“雪球不要打到脸上呐，疼”，却总会有一两个淘气点的男孩子，玩闹时没有准头，不小心将雪球扔到另一个的脸上，略有逞强意味的小男子汉的气概实在是不管用了，生硬的疼惹出眼泪来。吃过亏，他们便再也不玩了，再上学下学，一路上两只手乖乖地揣在袖筒里，低着头大步迈开步子。雪地上就只剩下鞋子踩过时发出的咯吱咯吱的声响了。

我的小时候，冬天要比现在更寒冷一些。我常为自己并未在内蒙古出生而感到遗憾，对比自幼生长在那里的孩子，南方体质的我，七八岁时首先要经历冻脸冻手的苦痛。记得那时我肿得如同杂面馒头一样鼓着的小手，和一样红红胀起、盘着血丝的脸颊，甚至结成肿块的耳朵。每天从寒冷之中回到烧着暖炕的家里，肿冻的地方遇到热气，便开始痒起来。这痒是要忍着才行，姥姥总说“不要去抓啊，不然留下了疤痕，将来就嫁不出去了”。我说好，于是拼命地忍受着。只有在梦里，才敢痛快地抓几下，第二天醒来，便见到累累的几处血印。姥姥一面责备，一面拿热水烫过的毛巾帮我擦拭，再用郁美净和着冻伤药给我搽手、脸和耳朵。冬天大约只剩下一两个月的光景了，肿胀仍不见好转，反是更重的样子，手指几乎不能弯屈写字了。怕老人家担心，晚学后回家，每每要谎称“老师没有布置家庭作业呀”这样的话，心里却焦急得很，坐卧难安。及至谎言败露之后，心却踏实了，拿毛巾层层缠裹在铅笔上，写歪歪扭扭的字。晚间姥姥又担心我睡梦中抓伤脸，临睡前，便拿橡皮筋将线织手套困住我的双手，常常到第二日，脱下手套，手腕上勒出两道半寸深的线痕。两只手因为血流不畅，而憋成既红且肿的深紫色，对任何外界的触碰都麻木无感了。姥姥为此痛惜地落下泪来。

入春之后，风向由北而南，天气开始回暖。手上的冻疮却似复苏了一般开始成片溃烂，除了痒，还有疼，伤口处露着白白的骨头。四处寻医问诊，并不见起色。二爷从草原请来最有威望的蒙医看诊，沉重地问道：“这孩了的手没有冻废吧？”

医者仔细瞧过，慢慢地说：“还有得治。”这句话定下了所有人的心。

“真的！”二爷有些激动了，他高声说，“开最好的药，丫头受了不少罪。”

“拿雪水洗吧，伤口愈合了，来年就不生冻疮了。”

我们揣着珍重的心，日日收集积雪，储存在透明的酒瓶里。在使用了二十多瓶雪水之后，天定定地暖起来了，肿痛才渐渐消退，有一天终于完全好了。我却总不免年年在雪落之后惶恐，怕早年冻疮的旧疾再次复发。然十多年过去了，生冻疮的事再没有发生过，少时的苦楚也便如同云烟，一吹而散了。

即便如此，我却仍旧是爱着雪的，或是出于女孩子向往浪漫的天性吧。

天津的十二月，天气露出暖冬的迹象，和暖如春。这几日里雾霾深重，前天早上还只见地平线上蒙着淡淡的一层灰白，傍晚时灰色更重了，转天灰白的部分就上升到楼裙拦腰的位置，到今日空气差不多全白了，湿重重的，人和草木浸在里面，并不能舒展，一派前所未见的颓败景象，了无生机。这样暖且雾重的冬日，是惯于寒冷冬天的我所未曾经历的，心里渐渐放下对冻疮的担忧，对气候生出了好奇。周末起意行步到滨江道一家小有人气的店吃米线，和同住的董姑娘，一边走，一边认路边光秃萧索的树木。大雪节气里，常见的枫杨树、白蜡树、国槐的叶子差不多已零落殒尽，枣树、楸树、椿树、栾树、果子树、中国梧桐和法国梧桐也都是片叶未剩。薄雾下蓬松而修长的大枝小枝，泛着灰白色的光。卫津河里结出薄薄的一层冰，这是我第一次看到今年冬天的冰。风脚细小又并不凉，走得急了，额头上要冒出汗来。

我记起往年这个时节，在呼和浩特，也会步行到街上去，穿的却是厚厚的棉衣，再重重地围上两圈围巾，才敢匆匆行在路上。高楼的拐角处，风大起来，吹到脸上生生地疼，总是要裹紧衣服，快跑两步冲到商场里才行。空气却是透明清澈干净的，瓦蓝瓦蓝的天，令人心动。更小的时候在草原，冻得不敢出门，总是趴在窗台上看太阳下山，视线内的天空橙红、淡黄、藏蓝交织变幻，院墙外虬劲的胡杨枝干和望断处连绵起伏的阴山山脉，无不沉浸在辉煌的夕照里。暮色沉寂无声，树梢也一动不动，忽然一只寒鸦振着翅膀“哇哇哇”号叫着从远处飞近，我的心提到嗓子眼，担心箭一样的它向我扑过来。但它只是落在院子外的高枝上四下环顾片刻，又在逐渐暗下去的晚照中，急急飞向黝色的胡杨林去了。这是向晚时分，天空里唯一的生动。家狗都冻懒了，静悄悄地偎在脚边打盹。我出门倒垃圾，衬着夕阳最后一点光芒，看到屋顶上参差升起了灰白的炊烟，空气中飘着辣椒呛人的香气。

那时，村里有水的地方都实实地结了冰，也包括露天公用的厕所。在夏天，村里壮劳力进城打工之后，留守的老妇幼子无力清扫，公厕的简陋简直令人无法忍受，而在寒冷的冬天，严冰却使它归于整洁。村口小河里的冰，透着咸盐般洁白的光，我们有时相跟着，跑到冰封的河床中央，前后左右认真对比昔日盛夏时节的情景，凭记忆记起这处的一片芦苇，那处的一堆灰石子。然后喊着“一、二、三”，一起用力跺上几脚，希望看到冰块晃动或从中出现一道裂痕。终究是因为力气太小，冰结得太实，河水仍旧平静地以一整块冰的姿态横卧着。北风呼呼吹起来，我们只好并不尽兴地哄散着各自回家了。家家的房顶上都冻着包好的饺子，装在保鲜袋里，想吃的时候，取下来一袋，随手丢进沸水锅里，不一会儿饺子的香气便飘了出来。

学校里太冷了，下课时，几乎全校的男同学都会并排挤在向阳的墙上，一边挤一边喊，“挤尿床啰，挤尿床啰”，往往力气小的男生被挤出局，成为“夜里尿床”的那个人。这在同学们心里是极不光彩的事情，虽然无非是个游戏罢了，可没有人在乎事实真相，仿佛没有比玩得热火朝天更重要的了。因而没有人愿意被挤出来，都要花上大力气缩在墙上，女同学则在一旁喊：“加油，加油，加油啊！”直到“当当当，当当当”的上课铃响起，热闹才告一段落，一群人抢着往教室里跑，生怕跑得慢了，被上课的老师赶上，屁股上被额外赏得一巴掌。

空气很寒的时候，窗户上结满了冰凌花，人家里都开始炖小火炉吃了。我放学回来，姥姥正在炖炉子。往炉灶里填几块炭，五花肉、土豆、青菜、豆腐一一洗净，肉在铁锅里略略炒一炒，加上水和调味料，放在炉火上慢慢炖。那时家里穷，离集市又远，肉很难买到，有时只在菜里，加上几星油渣，就十分难得了。青菜萝卜浸一点荤油才好吃。土豆、豆腐却易得，内蒙古高原光照强烈，盛产淀粉含量高的土豆，在河套平原上，除却稻米，土豆便是农业的另一大宗，农户自留一些，余下的多数用车拉到邻近的城里去卖，价钱并不高，三毛五毛一斤，换作孩子的学费或日常的其他用度。而豆腐，每隔几天总会有邻近村子里磨豆腐的人挑着担子过来叫卖“豆腐来，换豆腐来”。也是因为穷，乡间人家极少有打牙祭的散钱，豆腐要拿谷物换才行。鲜豆腐切好放在屋外，过不了多久，便成了冻豆腐，取回来扔到热锅里去，水汽扑扑冒出来，豆腐吸足了水汽，慢慢炖出了小孔，吃起来又烫又香，太美味了。颇有白居易《问刘十九》诗中的意境：“绿蚁新醅酒，红泥小火炉。晚来天欲雪，能饮一杯无？”这红泥小火炉，也是乡野之人冬日宴客的情味所在。

冬天的草原是那样广漠萧瑟，一眼望去，冰雪消融的地方枯草灰黄，青黑的石块黝黝地盘在雪里。除了风声，没有任何声音。背风的山坡，常常有冻傻了的兔子，风吹得它瑟瑟的，靠近时，它才缓缓地移几步。一把抓住，它倒是并不挣扎。我却不忍心拿它烹饪，就地放下，它还仍旧一副不愿意逃跑的样子，悻悻地待在跟前，一动不动，憔悴极了，使人不禁心生怜悯。决心带它到温暖的房间里，不到半日，它便变得活泛起来，在房间里四处打转，简直像换了只兔子似的。

“姥姥，你看它又活了，根本没有病呢。”我说。

“它是太冷了，没有粮食吃。”

“它吃什么呀？”

“青草和胡萝卜。”

“咱家没有胡萝卜，牛吃的草，它吃吗？”

“去试试。”

我把兔子抱到牛栏边，牛正卧在角落里，漠漠地看着我。我捡一把草去喂牛，对它说：“春耕，让小兔子陪着你，好不好？”牛扇着耳朵，并不作声，用舌头卷起草寥落自在地磨着。兔子小心翼翼地在牛棚里转了几圈，并不认真地啃了几口草，大概吃出并不是它所钟爱的味道，几口之后，它便跑得不知去向了。

我一直问牛：“兔子走之前，吃饱了没有？”牛看着我，继续嚼它的草。

“哎哟，真是一头小气的牛，兔子不就吃你的一点草吗，春天来了我都还给你。”

牛缓缓站起身，尾巴拍打拍打，背过身去饮水。

“哼！”我也生气地走开了。兔子一个冬天都没有再回来。

因记忆的一时流淌，虽是大雪节气，说的却是旧时冬天的话。彼时的寒冷清冽，此时的和暖苍茫，在萧瑟的冬日里逐渐连成一片模糊的记忆。我和董姑娘从滨江道步行回来，天色已经暗下来，空气里多了寒意，霜也打下来了，附在道旁绿植的干叶和枯枝子上。月牙儿弯弯地钩在南天，很薄，蒙着淡淡的一层雾气。我们都分不清停在路边的汽车上，落的是严霜还是月华了。卫津河两岸的楼裙沉寂在黑暗里，三三两两寥落的灯光外，唯一历历可见的，是映在冰面上的白月光。两个人不敢沿着灯光昏暗的卫津河走，这样的夜晚，总免不了心里害怕，大约是对无尽的黑暗的恐惧，或许还与不久前室友的一次手包被抢的经历有关。只好选灯火通亮的大道行走，于是两个人提议唱歌吧。

室友是个温暖且有着歌唱天赋的姑娘，我对于歌的记忆早已模糊不堪，只简简单单地哼起一两句，“父亲的草原，母亲的河”“昨日像那东流水，离我远去不可留”“我在马路边捡到一分钱，把它交给警察叔叔手里边”“雨纷纷，旧故里草木深”，便静静地走路了。听着身旁的她，挽着我的手臂，小声地唱完我起头的每一首歌。我仿佛有些难过，为自己早已记不住词且跑调的几首歌，为没有雪的大雪节气，为苍茫的大雾天，为乡关之思。忽然听她又唱起：

胡同里有只猫，志气高，它想到外头走一遭。
听说外头世界啥都好，没人啃鱼骨，全吃汉堡。
胡同里有只猫，往外跑，离开它那群姐妹淘。
来到繁华大街上寻找，传说中夹着牛肉的面包。

霓虹闪烁的大街上，车辆扰攘不绝。我握着她的手，走在回住处的路上，这样动听的一首歌啊，我听了又听，爱之不尽。就像我少年时酷寒的冬天，漫山遍野的大雪，向阳山坡上的兔子，红泥小火炉、土豆和五花肉，红肿得连笔都握不住的双手。很遥远，遥远却又离心这么近，有说不出的亲切。

然而，冬道苍苍，故园渺渺。年少的欢乐与苦痛终成过往，成年后的我们俱已离开乡野，留在城市里读书或是做工了。年复一年，提醒我们流光疾迅的只有中天上盈亏相望的月亮了。十五之夜，它还是那样广大圆满玉盘似的一轮明月，渐渐亏到一半，再到弯弯的一牙，最后变成明净细小的一钩，秀气得让人一时几乎辨认不出。秋去冬来，年节近了。白月光照到已不自持的游子心间，所生出的那一缕温暖的情感和回家的心动，正是世界上所有故乡的美好证明吧，也最是故乡令人爱之深重的地方。

月牙升到了中天上，董姑娘温柔地说："今天是爸爸的生日，我想轩岗了。"

"打个长点的电话回去吧。"

我听着她电话里的家乡话，默默地想，大雪节气，无雪，冬日尚好。真好。

# 冬趣

一年到了十二月份，青城的雪便一场接一场落下来。

黄昏或者更晚一些，大雪悄然飘下，气温到了零下二十几摄氏度，西伯利亚刮来的风，卷着雪片，在冰地里打转，吹到脸上生疼。人们走在回家的路上，连表情也冻得僵住了，这时候遇着熟人，笑容便不自然地僵在嘴边，互相招呼道：“冷啊，这天儿可真冷啊。”这么冷的天，回家后只有躲在带着暖气的房间里，再不要出门。夜色深沉，雪片越来越大，安安静静地飘撒一整夜。到了第二天，空气生寒，世界却全白了，有人起得很早，在路上踩出两行浅浅的脚印。清晨时分，上班的人走出门去，雪在脚下咯吱咯吱响个不停。

雪后的城市这样静，天是水洗过一样的蓝，仿佛有汁水隐在其中，格外空旷高远。马路上的车辆缓缓向前，街边小树林里，几只狗疯也似的欢跑着。远远望见大青山石墨色的山脉上空一条云横浮着，再远处是晨光里覆盖积雪的山顶，望着，便让人产生生命毕竟最宜于自然的欣慰。我穿着最厚的羽绒服，戴上围巾和手套，赶在上班路上。偶尔抬起头，能远远瞧见蓝天上粉白的月亮，静静地贴在最高的树枝子上。小区门口卖煎饼果子的夫妻俩已经开始忙碌起来，炉子里的火暖烘烘的，热气从里面冒出来，四周围着一些高中生，他们穿着红白相间的校服，这样的红色在白茫茫的天地间透露着青春的朝气，格外好看。街边只有零星的几个饭店开了门，水汽哈在带着冰花的玻璃门和窗户上，隐约可以看见坐在里面吃饭的人们。穿橙红色衣服的环卫工人挥着铁铲除雪，两个人碰到一块，停下了，一个人递支烟过去，点上火，看着白茫茫的雪地说："不知道还有没有雪？"另一个吐出一口烟气叹息："预报说好像还有。"然后，各自俯下身铲雪。慢慢地太阳便升上来了。

办公室的窗外，是一片露台和一排房子的屋顶，盖着一层白雪。日头开始暖起来，光亮和温暖逐渐充满青城的一切角落，这时候，有几只花喜鹊从哪走出来，发出三两声家常的叫声，"哇——哇"像是在对话。它们在人们眼睛看不到的某处安下了家，大概是欢喜白茫茫的大雪，从窝里踱出步子，大摇大摆地散步。我丢出几粒苦荞粒出去，一只大肥喜鹊机警地看过来，"哇哇"号召着同伴啄食，三寸长喙连续叼起几粒荞麦，津津有味地品尝。四周格外安静，让我想起普里什文在《大自然的日历》里的一句话："比水静，比草低。"说的正是这雪后初霁的时光啊。

到了晚上，一家人围在一起吃炉子，一边吃一边烫些蔬菜、羊肉，再扔几块豆腐进去，蔬菜有茼蒿、菠菜、香菜、油麦菜，都是吸一点油就很好吃的东西，水汽白扑扑地散发出来，羊肉的香味也飘出来，豆腐已经炖出了小孔，吃起来烫极了。窗外依旧是白茫茫的大雪天，连窗户上都开满了冰花，这情景美得让人无法言语。心变得空了，但仿佛又是充盈平静的，只余下“晚来天欲雪，能饮一杯无”的自在了。

# 冬月

冬月将尽时，有一段时间，天还不像现在这么冷，每天下班后，也不着急回家，故意绕远路慢悠悠散步。途中背一段短文，或戴耳机默默听一首歌。日间热闹的街区，夜晚安静下来，唯独以窗口对外营业的食品铺子，还忙碌着。行人路过，一念想到白天工作倦了，晚饭还是不要开火做了吧，便停在一扇窗下，叫一声“老板，来套煎饼果子，两颗鸡蛋”。里面传来长长的一声“好嘞”，应答之声带着温度，浸在了油烟中，亲切可人。

路灯十分亮，橘黄、莹白相间，天色却显得很暗，黑茫茫一穹，只有月亮薄薄地贴在上面，在云中缓缓穿梭，把几片云朵照得透亮。行道旁的树木皆以疏朗姿态示人，高木挺拔舒展，低矮的金银木、紫珠草一类，枝间可见累累细果，重叠的圆形小果子盘卧交结，在灯光的照耀下热烈地红着紫着，通透一般，着实精致可爱。辣手摧花的陋习使然，见到漂亮花木，忍不住偷偷折枝。于是各折了一枝，回住处翻箱倒柜找搭配的瓶子器皿，学着书上看到的样子，用剪刀将枝子剪开插好，却与心中疏落清朗的插花形象相去甚远，最后就只好胡乱摆在窗角。拍一张照片发给南京的友人，说“津城遍寻不到腊梅，果子却尚好，只两枝，屋子里就明亮起来了”。得到回复，是两张腊梅图：一为花农背着待放的梅花枝，立在街头出售的情景；一为腊梅花插，在书房案几上，搭配了文心兰、翠雀、朱砂根、松枝、草珊瑚等，极尽花事之热闹。我立即回复，表达羡慕之情。想起《一代宗师》里一句“叶底藏花一度，梦里踏雪几回”，兀自感叹，南京无雪啊，花却开得那样好，雪都下在津城了。

入冬时，曾和雨文同去五大院的一家美式家居店采购娟花，她搭配了多枝粉牡丹、白百合和绣球，回家插在木质花瓶里，置放在客厅的一幅英国牡丹油画前，很有浮世绘的古朴之风。津城人家，居在高楼之中，缺少培植花草的大地泥土，侍弄插花，也是抚慰季节，装点生活的一桩美事。

雪落之后，便想除了腊梅，山茶也该开花了，平日所抵达的地方自是没有的。寄居天津这一年，自春入夏，经秋而冬，大概生活实在乏善可陈，可值得记录的，也只剩下自然之内的闲花草木、四时风物了。二月西南楼公园的迎春、连翘明艳金黄，三月马场道的广玉兰、梨花肥白鲜美，四月天津大学的西府海棠、晚樱纷飞似雪，五月卫津河沿道的粉绣球与合欢丰美茂盛，六月人家楼前的双栀子简净风致，七月水上公园的荷花亭亭、睡莲青碧，八月随处可见的紫薇、月季望之可亲，九月邻居篱笆里的喇叭花、木芙蓉花意盎然，十月挂满枝头的红柿子疏落明净，十一月睦南公园的红菊、绿菊傲霜而立，然后就到了现在。季节流转，其味无穷，我渐渐熟悉了花草的分布，知道所生活的城市里，什么时节到什么地方去看什么花，有时周折，却总能从平淡无常的生活里领略到一点自然的魅力。

我在秋中桂花繁盛时节，曾四处寻过桂香。农历八月初至九月中旬，有空时就到处打探哪里种有桂花，去过南大天大、水上、五大道、大小公园，问小区及路途所遇的老人家，或是摇头，或是指着某处说“印象是有的，兴许还在，你去瞧瞧”，我且当真去找，无果，便不再抱希望了。只好跑到花鸟市场上去，商业用途的盆栽花，搁在温室之中，着了人工修剪培植的气息，毕竟少了天然之态。见着生长得还算高大的一株，“真是难得呀”，我在心里感叹，打算拍照，店家却严厉阻止说：“不买不能拍照。”我于是悻悻地看了一遍，闻了一遍，想念起呼和浩特内大老校区的几株二丈高的金桂银桂来，还有矮一点的丹桂。花开后，附近的人家要折枝瓶供，文学院的女同学则摘一些花来包手帕，放在枕边、口袋里、笔袋里、书包里，到处都弥漫着甜香。偶尔有上了年岁的老额吉，折小小的一两枝，用黑夹子别在头巾上，望去也很悦目。

今年秋将尽时，和白浅做伴去趟无锡。雨后至灵山，随处可闻四处飘散的桂香，让人心动。我们站在一片林间，看深秋的阳光逐渐稀薄，雾气四张，桂花也完全盛开了，香气如水。两个人十分珍重地摘下许多，双手沾濡着浅黄色的花汁，不舍得洗去。

初雪后，寻梅不见，只好作罢。周末空出的时间，就去相熟的书店待着。荒岛书店是在南昌的玄河兄寄来的明信片上所见，身边人少有耳闻，出租车司机亦不知途，求助网络后才勉强找到地址，近南开大学，由南大阿红译社创建，是全国高校第一家女性书店，算作小小的思想乌托邦。在路上看到书店的指示牌，顺着拐过去，走进一栋居民楼。倘若不留神，必定会忽略店门的标志。招牌并不起眼，大门也是平常居民家的样子，不像在做生意。推门进去时，我有些迟疑，心里想，会不会打扰到门内的人呢？

室内面积并不大，书墙接天接地。靠近墙边又横向分布若干木质书架，皆摆满畅销书、杂志、文库本、音像制品，与爱书人的私人书房相似。书桌边围坐着学生模样的年轻人，在读书、写作、喝咖啡，或轻声交谈。说不出名字的古典乐曲，旋律优美，沙漏一样泻下来，叮叮咚咚。书架内外摆放着大量猫的照片、明信片、饰物和小摆件，正对的书架上挂着“本店为猫咪配备24小时监控安保，记得保持微笑”字样。说是主人爱猫，店里养着五六只女猫。一只灰白相间的猫，正专注凝视着窗外，另一只短毛白猫，则在角落里晒着太阳打盹，娇态可掬。我不自禁问道：“其他猫呢？”

“跑出去吃鱼了。”一个女子回答。

“啊，你就是店主人呢。”

“嗯。”她并不抬头看我，自顾自看书。

“随便看。”她又说。

跟主人谈猫，她起了兴致，骄傲地说："这几只猫呀，出门不翻窗，不攀墙，要光明正大走正门。"

"猫不都这样吗？"我说，"我小时候养过一只白小姐，它要到外头去，自己还会开门。"

"哦，我家的猫也是。"她伸直右手臂比画着，"哐当，推一下，门就开了。"

"可是，我们乡下的猫不会关门的。"我说。

"这几只城里的也不会，所以店里的门永远开着一条缝。"我们向门望去。

我笑了，说："这门缝是给猫咪留的呀？好尴尬，刚刚进来时，还以为……"

"哈哈。"她也笑了，"当然，也是给客人留的。"

转到旧书堆去看杂志，琳琅满目的女性杂志，都做得很漂亮。清一色是有质感的铜版纸，当红女明星的照片，好看的脸蛋、无可挑剔的身材和摄人魂魄的眼神，及所代言的昂贵化妆品广告。教人怎么打扮，怎么穿衣，怎么讨心上人欢心，怎么提高魅力指数，等等，都是时尚女性所需要的。我粗略翻过，却提不起兴致。偶见新年一期的《妇人画报》，封面是红、白、金三种端正喜悦的好颜色，内页里的用图有清淡温雅之趣，入眼入心；另一本是全年的《生活手帖》，我第一次见，内容多为棉麻、蔬菜、原木等亲近自然的题材，细述日常生活种种细节，教人煮饭、园艺、手工、缝纫、花道、茶道，符合我对未来家庭生活的一切向往和要求，一时有说不出的喜悦。

以前逛书店，遇到喜欢的书，就如获至宝，若价格合适，则如捡到宝贝般欢喜，一定会买回家。居处不定之后，为避免搬家辛劳，即使喜欢，也不会买了。翻一翻，放下，再翻一翻。临走时，想想不放心，又折回去拿来看，仔细半晌，下定决心似的，放下了，还是不买吧，权当作是下次再来的理由了。虽然店里的书种类并不多，又有偏重文学方面且明显的私人喜好倾向，我却对这里产生了好感。大概是来去自如的读书环境打动了我，或者是处处用心的细节，又或者仅仅是因为猫。离开时，跑出去吃鱼的猫正好回来，前后三只。女主人说："快来，客人要走了。"最小的一只黑猫眼睛清澈明亮，温柔地靠在我脚边，我蹲下身，她举身兴高采烈地舔我的手，哺乳动物吃鱼之后浓烈的味道啊，扑面而来，我问它："你真的吃了味道不错的鱼吗？"

转身对女主人说："肯定是生鱼吧。"

"哪里有整条的鱼给它们吃，你也看到，实体书店效益可不好哦。"她说。

"那它一身鱼腥味？"问。

"哦，是隔壁菜场的鱼内脏，它们爱吃。"答。

"这样啊，可怜的猫咪，下次带鱼给你吃。"

"都是被你们这些客人宠坏的猫咪，嘴馋了。"女主人说，她记起我要离开，又补了一句，"有空再来啊，过来歇歇脚，喂喂猫。"

"我可什么都不买的，书买回去没地方放，住的地方一丢丢小。"我笑说。

"没什么。就是过来坐坐聊聊，看得出你爱猫。"

"好的。"我抬头看到门后贴着一张画纸，右下角绘着腊梅，正中写着“欢迎常来”四个好看的毛笔字，赞叹：“毛笔字写得很有力道，腊梅也好看，你写的吗？给我拍张照片吧。”

“我是随便写的，字才刚练第三个年头，勉勉强强。拍照可以呀，欢迎。”

想到寻梅未果，便问她一句：“你知道哪里可以看梅花吗？”

“外面我很少去，家里的老人爱花，每年都种，白梅红梅都有。”她说。

“真的吗？你家在哪儿，远不远？”问。

“不远，就在这附近。”答。

“附近？”我看看外面，又迟疑地问，“有多近？”

“五分钟脚程。”她笑道，“你也爱花啊。”

“哦。五分钟，是很近的啊。”我多想去看一看呀，又想到与她才刚相识，就想要随便到人家家里去，毕竟不礼貌。踌躇着走下楼，路灯已经亮了，天蓝得匀净，就要完全黑下去了，月亮还未出现。她追了出来，喊“小姑娘，小姑娘”，喘着气，一把抓住我的手臂，说：“你走这么快，想带你去我家看梅花呢。”

“好啊好啊。”我激动不已。

“今天太晚了。”她看看天，又说，“改天吧，你想来随时给我电话。”遂递过一张写着号码的便签纸给我。

“好。”我拿出手机，边记号码，边拨了过去。

“这是你的号吗？”她似乎有些惊讶。

“嗯，外地的，我还没换。”我解释。

“你是呼市人啊，太好了。”她语气兴奋，“我是锡盟的。”

“那可是真正的大草原啊，我都还没有去过就离开内蒙古了。”想到这些，渺茫无着的情绪从心头涌起，仿佛秋冬田野间经久不散的雾气，没有着落。

之后，我们约着去看花，在书店里谈论牧场，偶尔唱起从前的歌：

那是个遥远遥远的地方
那里的夜晚星星特别明亮
我就是在那辽阔的草原上
伴随着妈妈温暖的歌儿成长

是谁在呼唤我儿时的名字
是谁还在风中静静遥望
我还是站在这无边的草原上
告诉妈妈孩儿要去远方

jin bong fuhong dai e sin bi lie
a ji dai hu da sen sai hen nai e ji dai
ha ci dai min dai sen wulen yi bi lie
Cai wei liave lu ai ji hi sai dai gai
Cai cai ge nai wa fang dailai song bi lie
（蒙语音译由蒙古族好友宝音、百娜友情提供，特别感谢）

这时，总有一只懒猫在沙发上睡觉，几只馋猫吃完鱼从外面回来，还有一只猫望着窗外发呆。她们淡然作息，不以为扰，只是有时，也望向我们，动情地“喵喵、喵喵”叫几声，或是在提醒自己的存在吧。

周末黄昏，自书店返家。走过一处长巷时，仰头看见，月亮像蒙古族新娘头上戴的银质步摇，亮晶晶地别在悬铃木枝子上，在暮色里映衬着落得光光净净的枫杨和合欢树，有乡野之风。一位老人静默地站在栏杆内狭长的花圃里，修剪花枝。有一瞬，我仿佛闻到了腊梅的香气，自远处飘来。这香气是冬月里特有的吧，像什么呢？我终究不能找到一个恰如其分的比喻，私心里想，它大概像我生活中所欠缺的天伦之乐，总是纯粹、遥远并令人神往。

# 过年

进入腊月，过年的气氛自寒冷里一点一点生发出来，腊八、小年这样传统的节日一个一个走过，鞭炮声响起来，人的心思便不能完全投入工作中了，开始为春节做准备。

田螺兄说今年归乡过节，也要带我一起去。其实八月时，我独自去过一次，曾在旅途渐变的风物里，看到平原人家秋收时的田地、南北朝向红砖黛瓦的民居、绵延至村庄的大片悬铃木林和蜿蜒如带的河流。那时便想，这是要嫁过来的地方啊，水草这么丰美。田螺兄入伍参军之前，一直生活在这里。他更小的时候跟随祖父母，所生活的地方在城里人看来算是真正的乡下，叫作“周口”，也是我们过年要回去的地方。

我问他：“和周口店有什么关系吗？”

他说：“只有周口，没有店，没有原始人类。”

“你们这真多土地，还有川流和水塘，没有山吗？”

“没有，所以才是平原。”

“那也没有牛和羊吗？”又问。

“也有，只是不像内蒙古那样以牛羊为生计而已。”

“不放羊放牛，人们做什么？”再问。

“土地肥沃辽阔，当然是种地了。”答。

我疑惑地看着窗外，平原万里，河流穿插其间，没有一点山峦高地。田野间生长的麦苗，满眼青色，这是有别于我记忆里的深冬色彩。这次，他自呼市驱车至津城接我时，已是深夜，津城的星空繁密如春花，偶尔绽开的烟花已有新年的气息。我们沿高速一路南行，穿越省界，从平原过渡到山区再到平原，漫长的旅途即将抵达终点。

我对这地方所有的认知皆止于课本和百度，这一带务农者居多，庄稼一年两熟，历史悠久厚重，已有六千多年文明史，有太昊伏羲氏、娘娘女娲、炎帝神农的传说，有老子《道德经》、谢安谢灵运，亦有“华夏先驱，九州圣迹”之说，云云。然而，对文明史的掌握并不能消除我心间的犹豫忐忑，我担心不懂礼数被他家人轻视嫌弃，就像上学时担心支付不起学费被别人同情和嘲笑，上班后担心不能做个好员工好同事被炒鱿鱼或给差评。人生总会有许多不由自主的时刻和担忧，惶恐不安，没有着落。去见未来的家人时也会这么紧张，提前几个星期做功课，斟酌见面时的种种可能和要说的话，想要做个招人待见的好媳妇，不要被嫌弃或厌恶。这大概是所有女子出嫁前后所必须经历的成年礼吧。

他指着麦田后的一片村庄，说就要到家了，这加深了我的惊惶。车子驶过村道，在村口一座高墙庭院前停下，朱红的院门深闭，院子里传来汹涌的狗吠，主人柔声呵斥，然后是“吱呀”的开门声。我走下车，头脑轰轰响，还没来得及问好，便被紧紧握住了手，被问道：“路上累不累？快进屋吧。”小心翼翼进了院子，家狗见到客人的手被主人挽住，也不叫了。我抬头望见是两层楼，院子墙上爬着蔷薇科枯败的藤蔓，墙下小空地里种着几株梅花，正开着红色黄色的花，一株月桂，一盆白山茶，叶子绿绿的，一株玉兰，还有几株叶凋枝枯的花木。

一层的屋子有四间，石砌地基，东屋的门闭着，西屋窗户下放着连排的低柜，一架梳妆镜亮堂堂地反射着白光。堂屋西墙小茶几的花瓶里插着茶梅与长寿果，皆为浓烈的红色。祖母倒了杯热茶给我捧着，说：“暖暖手。”又喊：“兰花啊，拿八宝果盘来。”田螺堂弟的媳妇系着围裙推门进来，递过盘子，看着我，说“嫂子回来了”。她穿一件粉色短棉衣，藏色裤子，身量瘦小，声音里带着笑。田螺兄将车泊好进屋，一时父母亲、婶母、小姑小叔子从集市回来了，屋子里热闹起来。大家簇拥着说喜庆的话，围着暖炉喝茶。我很快便融入家庭的热闹之中。

祖母和母亲将我拉到外间的大房里，暖炉旁坐着田螺兄的祖父，正戴着花镜隔着老远距离翻看相册。祖母高声说：“孙媳妇回来了。”他抬起眼，老花镜滑到了鼻翼处，温和地说：“路上走了一天，快过来坐着歇歇吧。”母亲说快过去，那里暖和。我小声寒暄着应声好，就放大胆子坐了过去。内心却激动起来，这种体验对我而言过于陌生，被人重视的感觉比拿到年终奖还要开心。家人间亲密的情感，我从来都不熟悉。从小我独自面对着这个世界，一个人经历、接受好与坏，也一个人消化这些。忽然有人对我如此爱重，好陌生，我有点手足无措。先前预想的种种可能与担心，在身临其境之后都不奏效了，甚至我所要一心成为的好媳妇，也不是自己所理解的那样传统与呆板。祖父扶好眼镜，继续翻照片给我看，又讲起照片背后的往事，兴起时还给我几个笑脸。我真是要感恩戴德了——原来田螺兄家是这么个好人家啊。

已是腊月二十九了，窗外零星传来咚咚的炮仗声，祖父房内两盆红黄色的菊花很清香，花瓣和叶片都缀着水汽，刚浇过不久的样子。他翻到年轻时一张衣衫褴褛的照片，对我说，从前闹饥荒时，一天吃了上顿没下顿，他的父母兄弟皆在饥寒之中饿死冻死，又说起现世的丰衣足食，万千感慨。我说，有看过《一九四二》，他似没有听清，或是没有听懂我所说的是荧屏上的一部电影。提起1942年，他心酸落泪，当时只是不足十岁的孩子，随着逃难大军颠沛流离多处。末了，对我说："旁院你根生爷的爹娘都逃难去了你家乡，到了河套一带，日子好过了才敢回来。"我忽然想起看过的《动物世界》和电影《一九四二》，叹息着，渺小的动物都免不了物竞天择的命运，天灾和人祸都太可怕了，能活到今天可真不容易。这样的话得到了祖父的肯定，他称赞我是有见识的女子，不然怎么知道物竞天择一说。我于是再不敢发表"高论"了，只好默默听着。

不一会儿，堂屋餐桌布置好了，田螺兄过来见爷爷，顺道喊我们吃饭。家里的男人都抄着手立在方桌边，凳子齐整摆开，酒已满上，祖母已坐下多时。我扶祖父坐到北面，男人们陆续在上首坐好，酒席便开始了。先是凉菜，母亲、婶母、小姑和弟媳在厨房忙碌，我因是第一次正式到家里来，被邀请先上桌吃酒席，很拘谨地坐在田螺兄旁边，帮忙倒酒传菜。划拳，敬酒，碰杯，一瓶酒毕时，小姑家双胞胎的孩子从外面耍玩回来了，一男一女，穿着同款不同色的棉衣，脸颊冻得红红的，扑腾腾跑到屋里，瞪大眼睛看我。我问叫什么名字，女孩说："我是姐姐叫童心，他是弟弟叫心童。"一桌子人笑起来。孩子们吵着饿了，才要起热菜，真正的午饭才正式开始，女人们添置了碗筷，亦坐上桌，均在下首。

饭间有人问起内蒙古过年的情景。我说，无论各处人们欢喜过年的情景都是大同小异。敝乡比这里的经济大约落后了近十年，也要杀牛羊杀鱼，买年货，买对联，置办新衣，祭拜祖先，燃放鞭炮，吃年夜饭，准备压岁钱。我们年夜饭要吃糕，不吃饺子。因又说起食物，北地不比中原食材丰富，普通人家里过年待客不过十道菜罢了，多是肉食，并不分凉菜热菜，男人女人同桌。母亲轻咳了一声，我便戛然而止。祖爷又夸赞起我来，说"听听，听听，咱们燕子多有见识"一类，祖母接道："还是念书好，上大学好，有学问好。"我低下头，脸已红到脖颈。

弟媳端上一盘糯米藕，说是村里产的塘藕，新鲜且甜。确实鲜甜，嚼着脆无渣滓。我多吃了几片，祖母笑眯眯地说，"你喜欢吃，年后带回去一些"。又夹鱼块给我。"这是一条十几斤的大鱼，刺很少的。"弟媳说。鱼的做法是切块油炸后，放进锅里加葱、姜、香料煮至七分熟，又放进蒸笼里蒸至十分，再加香菜提味。这种做法和家乡相像，然而内蒙古高原受地域气候限制，极少产大鱼。我亦曾因卡过鱼刺，很长一段时间都对吃鱼一事望而生畏，更别说放心大胆地开吃了。弟媳却说："日本人还蘸酱油芥末生食，明天我给大家做，还有五成熟的羊肉蘸酱吃……"话未说完，祖父叹道："哎呀呀，那么做好吃吗？生食多少细菌啊。"

食至盛时，门外的狗听到屋内人们热闹的茶饭愈加痴馋，趴在门口小声吠着。祖母很是舍不得，吩咐弟媳端骨头给它，弟媳刚拿起碗朝它走去，它便既跑且跳，响亮地叫起来，就像小孩子得到了宠爱撒娇一般。祖父适时地喝了一声"好了，不要取闹"，扭头对祖母说："不要再惯它，都是坏毛病了。"院子里阳光很好，一棵很高的楝树从厨房房檐伸过来，挂着颗颗楝果子，两只麻雀停在枝子上啄两口，吐掉又飞走了，大概果子太苦，不好吃。

下午田螺兄带我在田野里闲逛，很广阔的碧绿的麦田，道路两旁尽是凋净叶子的高木，可以想见盛夏时葱茏的生机和充沛的氧分子。随处可见的池塘，枯黄的芦苇高举着穗子在风中摇摆，开败的野菊花枝叶倾向塘水。行至田螺兄念过的小学校，侧门开着。校园里没有人，水泥操场空空荡荡的，我们在石砌的升旗台阶上坐下，听到新换的红旗飘扬发出的扑扑声。我问他："你就在这里加入少先队的吗？"他点头。我羡慕起他来，想起小学生时的自己，总买不起红领巾，直到五年级将要毕业了，俊英的哥哥辍学在家，他把红领巾送给了我，我才加入少先队。那时候，只有戴红领巾，才算是少先队员。田螺兄问我："有那么重要吗？"我点点头。所有人不都是这样吗？得不到的才最想要，才觉得重要。

日头西斜，冬天天光暗得早。我们返家时，路过一处很旧的民居，大门敞着，一个少年站在门边打扫卫生。我想进去看看，这么古老的房子。田螺兄说，过年了，还是不要打扰人家的好。这家的女主人从厨房走了出来，笑着说：“可以进来啊，这几年我们一直在外面打工，你瞧，这屋子都旧得不成样子了。”院子中种着好大一株山茶，花朵繁密，白白的落花铺了一地。井沿的水桶里满汪着清水，竹箩里盛着洗好的青菜。两只芦花母鸡四下踱着步子。屋子里新刷过白漆，还飘着淡淡的油漆味。房檐却很耐看，青色的烧制泥瓦，雕着龙之九子，其下的木梁上绘有八卦与祥云花纹。窗棂上，这家少年用白粉笔写了两句诗，是杜甫《柏学士茅屋》里的句子“富贵必从勤苦得，男儿须读五车书”。我和田螺兄相视一笑。我说：“好男儿你看，是不是似曾相识的志气？”

次日便到了年三十，家里忙着贴春联，祭拜祖先，备年夜饭。我能帮上忙的也只有贴春联这一样了。田螺兄家是讲究的人家，除了对外的门以外，每个房间的房门上都要贴，窗户上、柜子上都要贴上写有“福”字或“春”字的签子，院子里要贴写有“满院春光”的小联子，出门对面的墙上要贴“出门见喜”，屋内要贴“诸事遂心”，厨房要贴“五味调和”，鸡圈狗窝要贴“六畜兴旺”，粮囤要贴“五谷丰登”。田螺兄很有耐心地一一贴完，再张起红灯笼，已是晌午。

饭后，母亲忽然喊我到大屋去，她和祖母正在折纸钱。街上买来的黄六裱纸，切成长条，三张一折。金箔纸折的金元宝，祖母嘱我拿毛笔在每个上写“伍拾两”三个字，我俯身研磨，恭恭敬敬一一写过。心中却暗想，为什么不写一百两呢？祖母和母亲已经开始燃香化宝了，敬献佛祖神仙，祭拜祖宗先人，并同在家门外的十字路口告慰阴灵游魂，燃一小挂鞭炮，扔在已渐渐发蓝的空气里。我无端想起已故的姥姥，便在除夕夜的路口，朝着家的方向磕三个头。望着平芜碧野，迢迢河川，胸间悲伤思念的情绪，也只好如此寄托了罢。

鞭炮声从远近的地方涌来时，天光已暗。想念的365天终于有了着落，要过年了。田螺兄和小叔在院子里摆炮仗，长长的一挂。祖母、母亲和婶娘在堂屋和厨房里烧纸，兰花和我也跟在后面磕头。十二点的钟声响起，父亲点一支烟，小心地用烟头引燃鞭炮灰色的信子，噼噼啪啪，红色的炮皮在院子里开成了花。家狗又惊又吓，默默地躲进窝里。祖父母穿着传统的衣服，坐在桌前，要吃年夜饭了，菜都已经端上桌。每人外加了一碗饺子，母亲还特意为我做了内蒙古的糕。父亲开了两瓶酒，一瓶白酒，是男人们喝的，一瓶红酒，是女人们的。

举杯拜年，小辈们要给祖父母敬酒，说好听的话。母亲教我："就说，祝爷爷奶奶新年快乐，身体健康，长命百岁！"我在事先准备好的草垫子上跪下去，举杯拜年，磕磕巴巴说了祝福新年好，身体健康，便忘记了"长命百岁"这一句。喝去红酒，祖母接过酒杯，我便伏身磕头。收到很厚的红包，一时推脱不过，只好收下，交到母亲手中。田螺兄、小叔、弟媳皆顺次端正敬酒拜年，跟宫廷剧中的阿哥格格一样正坐拜倒，行了伏地大礼，说了好长的敬语。我吓了一跳，自知礼数不周，生怕祖父母介意，问母亲要不要再补个大礼，母亲摇头否决。

饭罢端菜到厨房，弟媳问我，是不是不会行礼。我点头，她笑起来，慢慢地说，"我刚来时也不会，这个要学的，每年都用得着"。又问我会不会做饭，我亦摇头。她说，家里风俗是这样，都是儿媳妇做饭料理家务。“还好，”她转折一下安慰说，“你不常回来就好。”然后举起手给我看，轻声说，“我的手整日泡在水里，都冻伤了”。她的指尖裂了很深的口子，手背也生了暗红的冻疮，我问有没有药膏和护手霜，晚间睡前多抹一层。她说，有的，涂了没有作用，第二天还要碰水，再好的东西都浪费掉了。她的大眼睛里噙着泪。坐在火炉上的水壶烧开了，蒸汽顶着壶盖往外扑，她慌忙去拿暖壶。我看她不停地忙碌，不忍心，捋起袖子准备刷碗。母亲进来了，嘱咐道，去休息一会儿吧，早起还要出去拜年。

夜里大雾弥漫，家里所有的灯都亮着，就连鸡圈鹅圈的灯也彻夜不熄。橘黄的灯光照在“六畜兴旺”的小联子上，连鸡和鹅都在过年了。

六点钟被家人喊起来，穿上新衣，和田螺兄、堂弟、弟媳一同外出拜年。冬雾更重了，空气里混着鞭炮的气味。远远近近的树木影子一样在雾气里立着。路上皆是拜年的乡民，互道着过年好、大吉大利的吉祥话。向同村里的亲戚家一一拜过年后，回家中听到前来拜年的人谈论一年的人事。某某家儿子去了北京工作，某某家媳妇怀了男宝宝，某某家女儿去了国外留学，嫁一个洋女婿。一个忽然对我说：“你是内蒙古来的吗？”我点头。

“你知道吗，村东老牛家的女儿嫁到你家乡去了啊。”她又想了一下说，“那儿有胡杨林，我看过照片，可好看了。”

“阿拉善盟的额济纳旗吧。”我说，“那里离我老家坐火车也要一个晚上。”

“啧啧，远呐，嫁远了，将来回来太不容易了。”她感慨。

“受了气，也没法回娘家了。”另一个说。

“天上的姻缘线牵着，哪里会受气。”婶母接下去。

“王昭君出塞去的也是那吧？”一个问。

“好像是，偏僻得很。”一个接。

我则悄悄牵了田螺兄的袖子，奔出院门，在潮湿平展的村道上乱跑一通。天色大亮，夜间欢天喜地的热闹场景安静下来，村野还原了寂静。邻居家墙头上卧有一只白猫，发觉我们看它，蹭地一下跃上屋顶，踩着瓦片跑开了。我忽然很想家，默立片刻，对田螺兄说：“我明天回内蒙古好不好？”话说出的一瞬间，我心里便开始明白，这样的想法，从此再不能有了。做姑娘时候任性妄为的习性，应慢慢改掉，并要熟悉学习作为媳妇应该有的美德，隐忍是最重要的一条。也要学会适应光阴所带来的烟火气息，和身边这个人一起面对日子里诸种纷杂、喜乐及苦难，生儿育女。

他有些落寞，却也并不反对，说“好的，上网看看机票吧”。他是相当有涵养的人。我之所以称他为田螺兄，也是因为他像神话传说《田螺姑娘》里的田螺一样，做可口的饭菜，默默无闻。幸而还有机票，我欣喜若狂。虽然老家的样子还和我离开时一模一样，村口粗壮的老树，还是以同样的姿态站立着，没有变得更粗，甚至连枝条也没有多出一两枝。然，每年回去过年已经成为我生活中的一部分，毕竟有地方可以去是件幸福的事情。也许来年，这一部分的生活变作回到这里来。田螺兄却笑起来，伸手抚了抚我的头发安慰说：“真没想到燕子居然嫁得这么远。”

年初二天明，晨光初露，新年的气息还很浓郁。一家人连同来家走亲戚的亲眷送我离开。晴空温静。我有些不舍，像每次离别时一样。祖母又握起我的手，嘱咐说：“孩子，你爱吃的塘藕，来年回来多吃些啊。”我一面点头，一面责怪自己。这么多年了，我果然还是个优柔胆小的人，连一声再见都不敢说出口。

祖父叹着气，慢慢地说：“一年就过完了啊。”是啊，一年又这样过完了。

冬尽今宵短，年开，明日长。

# 跋

## 宇萍的书

我常以为，衡量一本书、一篇文章的好看程度要看是不是让人忍不住爱不释卷地一口气读完。读宇萍的文章，我会完全被她的文字牵引，读到感动之处，看到她经历的颠沛与苦难会难过得不能平抑，要坐一会静一静等眼泪噼里啪啦地掉完了，才能接着读下去。

宇萍写艰辛，文字里呈现的全是美好，她像意大利电影《美丽人生》里的那个父亲，把原本的苦涩描绘得如诗如画，似乎发生的所有，好的坏的，都是上天赐予的礼物，她是一个等着拆开盒子的满怀好奇的小孩，无论打开盒子看到的是什么，她都会由衷地欢欣地发出惊叹并欣然接受，只有最纯洁的心灵才能如此澄澈。罗曼·罗兰说过：“生活中只有一种英雄主义，就是发现生活的真相后，依然热爱生活。”在精神世界里，宇萍是一个真正的强者。

我和宇萍是同事也是同乡（我们的籍贯都是安徽），我们供职在同一家金融机构，同为单位内刊的撰稿人。我在广州，她在呼和浩特，哦不，现在在天津。认识她是在两年前。

当时，宇萍在单位里就很有名了。我们单位有“一报一刊”两个文化阵地，宇萍的文章经常在行内的报刊上发表。听企业文化中心的人说，每次收到宇萍的稿件，第一个看到的人总是读着读着忍不住“呀”地一声惊叹，然后其他人争相传阅。等着看宇萍的新文章，几乎成了工作里最大的乐趣和盼望。

第一次见宇萍，是在总行学习，我刚好和宇萍住同一个房间。她飞机到得特别晚，她进房间的时候我已经睡了，她特别抱歉地跟我说“对不起”，只开着小灯拿东西，换衣服，她说她叫李宇萍，从呼和浩特来，我“噢”了一声。

她尽量轻轻地不发出一点声音，过了一会，见我翻了个身，问我：“不好意思，我把你吵醒了吗？”我说：“没事，本来就没睡熟。”她说：“那我去旁边房间看一下志华，刚才路上一直在发短信，飞机晚点了，怕他担心，告诉他一声我到了。”然后，她出去，带上门。接着走廊里发出热烈的欢呼和尖叫，好多房间的门都开了，好几个声音在说：“你来啦，宇萍来啦！”

听到宇萍轻声说：“小声点，我同屋的人已经睡下了。”三五分钟以后，她进来了，又是不停地道歉，手里拿着好些零食，板栗、巧克力、饼干。“他们给我的，你吃吧！”我说我刷了牙，不吃东西了。怕屋里太暗她看不见，我拧开灯，于是，我们开始说话。那一晚，我们聊到两三点钟。后面的几个晚上，我们每天都聊到两三点，聊到说了好几遍睡吧睡吧，还是有好多话没说完。

宇萍和她的文字一样温婉细腻。

单位的内宣小圈子，专职的策划、编辑、写手和兼职撰稿人，更多是以友情为纽带，以业务为联结，做的无外乎企业文化的事。宇萍，才华卓越，跟她相比，我们不过是文学的票友，她才是真正的角儿，一亮相就惊艳无比，像一块磁石吸引全部的注意，她有让一切喧嚣和浮躁安静下来的强大力量。

这本文集是宇萍从2010年以来陆续在行内外报刊发表的文章。三四年的时间里，她用业余时间笔耕不辍，写诗，写散文，也尝试写短篇小说。一个白领偶发雅兴写些文章并不出奇，而几年的时间竟能积累十几万字，对一个业余写作者来说非常令人敬佩。这本散文集，让我看到的不仅仅是她的毅力与努力，还有不可多得的宝贵天赋与才华。所谓“业余”两个字，仅指这些文字创作于她八小时的工作时间之外，就文字的表达、感情与思想的传递，她绝不业余。

宇萍是一个文字世界里的王者，对文字有惊人的娴熟与驾驭能力，情感真挚，文字质朴深切，表现力与感染力穿透纸背。

两年前，我说：“宇萍你要坚持写下去，不管工作多忙，家务多忙，都要坚持写下去。以后咱出本书，等年老的时候翻翻自己写的书，会觉得这一生过得是多么精彩啊。”

这两年，宇萍从呼和浩特调到天津工作，她说“想去大城市里见见世面”。安顿下来，工作理顺了之后，写作的习惯一直没变。她记录城市的生活，也在城市回忆草原，用文字书写童年成长的村子。我们从她的文字里读到草长莺飞，读到禾苗在田，读到为了一个承诺守候一生的坚贞，读到平凡人的善良，他们是农人、乡村教师、开杂货铺的或者公交车司机，每一个人在她的笔下都是和善的、敦厚的，嘴上无，心里有，为一句话一个约定，可以千里相会，应承了一件事情就会记一辈子。宇萍说，她长大的村子，是草原边上一个农耕的村子，村里很穷。而我在她的文字里看到的是一个如同“边城”般美好的世外桃源。

那个家里没有纸，在压平的杨树叶子上写字的燕子，那个一边放羊，一边在树影里看书的孩子，如今有了一本属于自己的书——自己写的书！

宋思贤

2014年6月